韓語70堂
初級文法課

韓籍教師 **阿卡老師**
郭修蓉 곽수용 著

掃描 QR Code 立即播放全書 MP3 雲端音檔，使用電腦即可下載
https://video.morningstar.com.tw/0170046/0170046.html

目次

作者序 008
前言：學韓語時，不能不知道的概念 009

01　是 ▶ N 예요 / 이에요　　　　　　　　　　　012
저는 한국 사람**이에요**. 我是韓國人。

02　補助詞 ▶ N 은 / 는　　　　　　　　　　　　014
저**는** 학생이에요. 我是學生。

03　主格助詞 ▶ N 이 / 가　　　　　　　　　　　016
이름**이** 뭐예요？ 你叫什麼名字？

04　比較「은 / 는」與「이 / 가」　　　　　　　　018

05　不是 ▶ N 이 / 가 아니에요　　　　　　　　　019
저는 한국 사람**이 아니에요**. 我不是韓國人。

06　指示代名詞 (這 / 那 / 那) ▶ 이 / 그 / 저　　021
이 사람은 누구예요？ 這個人是誰？

07　在 ▶ N 에서　　　　　　　　　　　　　　　　023
여기**에서** 뭐 해요？ 你在這裡做什麼？

08　在、不在 ▶ N 에 있어요 / 없어요　　　　　025
지금 어디**에 있어요**？ 你現在在哪裡？

09　受格助詞 ▶ N 을 / 를　　　　　　　　　　　028
매일 한국어**를** 공부해요. 我每天讀韓文。

10　現在式 ▶ V/A- 아요 / 어요　　　　　　　　030
한국 친구가 많**아요**. 我有很多韓國朋友。

11　否定 (不) ▶ 안 V/A　　　　　　　　　　　033
저는 고기를 **안** 먹어요. 我不吃肉。

12　過去式 ▶ V/A- 았어요 / 었어요　　　　　　035
어제 친구를 만**났어요**. 昨天和朋友見了面。

13 未來式 ▶ V/A-(으)ㄹ 거예요 ··· 038
　　친구하고 한식을 먹을 거예요. 我要和朋友吃韓式料理。

14 時間點的助詞 ▶ N 에 ··································· 041
　　저녁에 바빠요? 晚上忙嗎？

15 請 ▶ V-(으)세요 ··· 043
　　여기 앉으세요. 請坐這裡。

16 請不要 ▶ V-지 마세요 ······································ 045
　　도서관에서 떠들지 마세요. 請不要在圖書館喧嘩。

17 也 ▶ N 도 ·· 048
　　저도 한국어를 배웠어요. 我也有學過韓文。

18 和 ▶ N 하고, N 와/과, N(이)랑 ···················· 050
　　커피 한 잔하고 딸기 케이크 주세요. 請給我一杯咖啡和草莓蛋糕。

19 雖然……，但是…… ▶ V/A-지만, N(이)지만 ·········· 053
　　이 식당은 비싸지만 맛있어요. 這間餐廳雖然貴，但是好吃。

20 ……之後…… ▶ V-고, V-고 나서 ······················· 055
　　퇴근하고 친구와 저녁을 먹었어요. 下班後，和朋友吃了晚餐。

21 ……之後…… ▶ V-아/어서 ·································· 057
　　우리 커피숍에 들어가서 얘기해요. 我們進咖啡廳後再說吧。

22 格式體 ▶ V/A-ㅂ/습니다, N 입니다 ····················· 060
　　저는 타이베이에 삽니다. 我住台北。

23 現在進行式(正在) ▶ V-고 있다 ·························· 063
　　지금 가고 있어요. 我正在路上。

24 否定(無法) ▶ 못 V ·· 065
　　저는 해산물을 못 먹어요. 我不能吃海鮮。

25 否定(不) ▶ V/A-지 않다 ···································· 068
　　저는 한국 드라마를 보지 않아요. 我不看韓劇。

26 否定(無法) ▶ V-지 못하다 ... 070
　　회의 중이라서 전화를 받**지 못했어요**. 因為在開會，沒有接到電話。

27 方法、手段的助詞(用/搭/透過) ▶ N(으)로 ... 072
　　여기에 지하철**로** 왔어요. 我是搭捷運來這裡的。

28 往 ▶ N(으)로 ... 074
　　앞**으로** 쭉 가면 공원이 보여요. 往前直走，就會看到公園。

29 ……之前 ▶ V-기 전에 ... 076
　　손님이 오**기 전에** 준비하세요. 請在客人抵達之前準備好。

30 ……之後 ▶ V-(으)ㄴ 후에 ... 078
　　한국어 수업이 끝**난 후에** 항상 복습해요. 韓文課結束後，我總是複習。

31 從……到…… ▶ N부터 N까지 ... 080
　　오늘**부터** 모레**까지** 추석 연휴예요. 從今天到後天是中秋連假。

32 從……到…… ▶ N에서 N까지 ... 082
　　여기**에서** 지하철역**까지** 멀어요? 這裡離捷運站遠嗎？

33 只(有) ▶ N만 ... 085
　　언니**만** 한 명 있어요. 我只有一個姊姊。

34 只(有)、除了……之外 ▶ N밖에 ... 087
　　그 사람의 이름**밖에** 몰라요. 我只知道他的名字。

35 或者 ▶ V/A-거나, N(이)나 ... 090
　　아침에 과일을 먹**거나** 커피를 마셔요. 早上吃水果或喝咖啡。

36 表示對象(向……) ▶ N에게, N한테, N께 ... 092
　　친구**에게** 편지를 써서 줬어요. 我寫信給朋友了。

37 要不要(一起)……? ▶ V-(으)ㄹ까요? ... 094
　　밥 먹고 좀 걸**을까요**? 吃完飯後，要不要走走路？

38 你要……嗎? ▶ V-(으)ㄹ래요? ... 097
　　숙제가 어려운데 좀 도와**줄래요**? 作業有點難，你要幫我嗎？

39 **想要** ▸ V- 고 싶다 , V- 고 싶어 하다 —————————————— 100
　　이번 주말에 뭐 하고 **싶어요** ? 　這週末想做什麼？

40 **試著……** ▸ V- 아 / 어 보다 ————————————————— 103
　　막걸리를 마셔 **봤어요** ? 　你有喝過馬格利嗎？

41 **打算** ▸ V-(으) 려고 하다 ————————————————— 106
　　친구와 영화를 보**려고 해요** . 　我打算和朋友去看電影。

42 **去 / 來 (做某事)** ▸ V-(으) 러 가다 / 오다 ——————————— 109
　　우리 집에 밥 먹**으러 오세요** . 　來我家吃飯吧。

43 **我會……的** ▸ V-(으) ㄹ게요 ——————————————— 112
　　나중에 또 연락**할게요** . 　我下次會再連絡你的。

44 **我要……** ▸ V-(으) ㄹ래요 ———————————————— 114
　　오늘은 피곤하니까 하루 **쉴래요** . 　我今天有點累，所以要休息一天。

45 **因為……，所以……** ▸ V/A- 아 / 어서 , N(이) 라서 ——————— 116
　　미성년자**라서** 술을 못 마셔요 . 　因為是未成年，所以不能喝酒。

46 **因為……，所以……** ▸ V/A-(으) 니까 , N(이) 니까 ——————— 119
　　추우**니까** 따뜻하게 입으세요 . 　因為冷，所以穿溫暖一點。

47 **必須要** ▸ V- 아 / 어야 되다 (하다) ————————————— 122
　　시험이 있어서 공부**해야 돼요** . 　因為要考試，所以要讀書。

48 **如果** ▸ V/A-(으) 면 ——————————————————— 125
　　걸어서 가**면** 얼마나 걸려요 ? 　如果走路去，要多久？

49 **形容詞冠形詞 (現在式)** ▸ A-(으) ㄴ N ——————————— 128
　　저는 따뜻**한** 봄을 좋아해요 . 　我喜歡溫暖的春天。

50 **動詞冠形詞 (現在式)** ▸ V- 는 N ————————————— 131
　　한국어를 배우**는** 사람들이 많아요 . 　學韓文的人很多。

51 **動詞冠形詞 (過去式)** ▸ V-(으) ㄴ N ——————————— 134
　　이건 제가 만**든** 케이크예요 . 　這是我做的蛋糕。

| 52 | 動詞冠形詞（未來式）▸ V-(으)ㄹ N | 137 |

모임에 참석할 사람은 연락 주세요. 要參加聚會的人，請聯絡我。

| 53 | ……的時候 ▸ V/A-(으)ㄹ 때, N 때 | 140 |

기분이 안 좋을 때 음악을 들어요. 心情不好的時候聽音樂。

| 54 | 可以／不可以、會／不會 ▸ V-(으)ㄹ 수 있다／없다 | 143 |

회의 중에는 전화를 받을 수 없어요. 開會時，不能接電話。

| 55 | 因為……，所以…… ▸ V/A- 기 때문에, N(이) 기 때문에 | 145 |

출근 시간이기 때문에 차가 막혀요. 因為是上班時間，所以會塞車。

| 56 | 因為……，所以…… ▸ N 때문에 | 147 |

회의 준비 때문에 바빠요. 因為要準備會議，所以很忙。

| 57 | 附加說明（等）▸ V- 는데, A-(으)ㄴ데, N 인데 | 150 |

제 친구인데 예쁘게 생겼어요. 她是我的朋友，長得漂亮。

| 58 | 會／不會 ▸ V-(으)ㄹ 줄 알다／모르다 | 154 |

저는 한국어를 할 줄 알아요. 我會說韓文。

| 59 | ……的事情 ▸ V- 는 것 | 156 |

제 취미는 음악을 듣는 것이에요. 我的興趣是聽音樂。

| 60 | 看起來 ▸ A- 아／어 보이다 | 158 |

그는 나이보다 젊어 보여요. 他看起來比實際年齡年輕。

| 61 | 似乎、好像 ▸ V- 는 것 같다, A-(으)ㄴ 것 같다, N 인 것 같다 | 161 |

지금 자고 있는 것 같아요. 他好像在睡覺。

| 62 | 幫（某人）做（某事）▸ V- 아／어 주다 | 164 |

전화번호 좀 가르쳐 주세요. 請告訴我電話號碼。

| 63 | 敬語 ▸ V/A-(으)시- | 166 |

할머니께서 김치를 담그세요. 奶奶在醃漬泡菜。

| 64 | 可以 ▸ V- 아／어도 되다 | 170 |

여기서 사진을 찍어도 돼요? 可以在這裡拍照嗎？

65 不可以 ▸ V-(으)면 안 되다 172
몸이 안 좋을 때 무리하**면 안 돼요**. 當身體不適時，不能勞累。

66 表示變化 ▸ A- 아/어지다 174
휴가철이라서 관광객이 많**아졌어요**. 因為是休假季，觀光客變多了。

67 表示變化 ▸ V- 게 되다 176
매운 음식을 잘 먹**게 되었어요**. 我變得很會吃辣了。

68 決定 ▸ V- 기로 하다 178
주말에 집에 있**기로 했어요**. 週末決定待在家裡。

69 真希望 ▸ V/A- 았/었으면 좋겠다 180
비가 안 **왔으면 좋겠어요**. 希望不要下雨。

70 ……到一半 ▸ V- 다가 182
책을 읽**다가** 잠들었어요. 書讀到一半，睡著了。

71 表示經驗 (有/沒有過) ▸ V-(으)ㄴ 적이 있다/없다 184
이 노래를 들어 **본 적이 있어요**. 我有聽過這首歌。

- **不規則變化**
  - ㄷ不規則 187
  - ㄹ不規則 189
  - ㅂ不規則 191
  - ㅅ不規則 193
  - ㅡ不規則 195
  - 르不規則 197
  - ㅎ不規則 199

- **文法類別索引** 201

作者序

　　許多人在學習語言時，認為即使不懂文法，在溝通上也不會有太大的影響，而往往忽略了文法的重要性。但是，如果想要擁有良好的溝通品質，奠定文法基礎是一個非常重要的關鍵，絕對不能夠忽略。

　　《韓語70堂初級文法課》擺脫坊間文法書籍固有的學習框架，以精簡的方式一一講解重要文法概念，是專門為了只會發音的初學者所精心設計的學習教材，也是繼《手寫韓語單字記憶法》之後，阿卡老師所推出的第二本手寫記憶學習書。

　　本書內容不僅包含韓語學習者所不能不知道的初級必備文法，同時也涵蓋了重要句型解析，讓初學者能夠清楚理解並對照與中文不同的韓語構句方式，學習文法輕鬆又有效率。每單元的最後都安排了「寫寫看」的手寫例句練習，是本書的最大特色之一，學習者除了可以直接在書上一筆一畫跟著描，也可以使用描圖紙進行多次練習，來加深長期記憶、提昇學習成效。

　　最後，祝福所有讀者都能使用本書輕鬆而愉快地吸收文法知識，並且享受學習韓語所帶來的樂趣，這就是《韓語70堂初級文法課》想帶領大家完成的最終目標。

郭修蓉

學韓語時，不能不知道的概念

一、句子結構

韓語的基本句子結構為「**主詞 + 受詞 + 動詞**」，述語（動詞、形容詞）是擺放於句子的後方，這點與中文文法不同，我們先舉兩個例子來看：

❶ 저는 밥을 먹습니다.　　我吃飯。
　 我　 飯　 吃

❷ 저는 언니가 있어요.　　我有姊姊。
　 我　 姊姊　 有

例句 ❶ 用韓語寫的時候，要把動詞「먹습니다 吃」放在受詞「밥을 飯」的後面，用中文直譯的話就會變成「我飯吃」。例句 ❷ 的情況也一樣，按照韓語文法，述語「있어요 有」要放在受詞「언니가 姊姊」的後面，用中文來看順序就變成「我 + 姊姊 + 有」。

所以注意句子結構和中文的不同之處，是學韓語文法時首先一定要知道的基本概念喔！

二、空格

　　除了助詞和語尾之外，韓語句子的每個不同單字之間都必須要有空格。例如「台灣人」中文看起來是一個單字，但在韓語裡，它是由「台灣」+「人」兩個不同的詞彙組合起來的，因此韓語要分開寫成「대만 사람 台灣人」。

　　韓語中如果空格空錯，可能會產生不同的解釋，所以一定要注意喔！請看以下例子：

❶ 못하다 → 表示「不擅長」做某事
❷ 못 하다 → 表示（因某些因素）「沒辦法」去做某事

　　一樣是由「못、하、다」這三個韓文字組成，有空格和沒空格時意思卻不相同。沒空格的**못하다**表示「不擅長」做某事，通常是因為能力上的限制所以無法做到，例如：

그는 수영을 못한다.
他不會游泳。

　　至於中間有空格的**못 하다**表示（因某些因素）「沒辦法」去做某事，這種沒辦法是有原因的，而不是能力上辦不到，例如：

나는 너무 피곤해서 운동을 못 했다.
我太累了，沒辦法運動。

　　所以學習韓語文法的時候，第二個不能不知道的概念，就是一定要注意空格喔！

三、語尾

韓語隨著不同的說話對象和場合，可分為「敬語」、「半語」以及「格式體」三種表達方式，所以韓國人初次見面時一定會先詢問對方的年齡，才知道接下來彼此交談時該用哪一種表達方式才合乎禮儀，以下分別說明同一句話的三種表達方式究竟哪裡不同，以及適合在什麼情況下使用。

❶ 敬語

以「요」結尾的句子就是敬語，其使用對象為初次見面、不熟的人或比自己年長的人，例如：

안녕하세요.　　　您好。
맛있어요.　　　　好吃。

❷ 半語

語尾沒有「요」的句子就是半語，其使用對象為平輩、晚輩或是熟人。

안녕.　　　　　你好。
맛있어.　　　　好吃。

另外，如果是關係親近的熟人，只要彼此之間有默契，就算對方年紀比較大也可以使用半語，但要在雙方都同意的情況下，才不會失禮喔！

❸ 格式體

格式體「-ㅂ/습니다」是最正式的韓語說法，用於公開或正式場合，像是新聞報導、廣播、活動主持，或是在公司、軍隊等等地方也適合使用。

안녕하십니까?　　你好嗎？
맛있습니다.　　　好吃。

01　是 ▶ N 예요 / 이에요　　MP3 01

※ 全書 MP3 音檔 QR 請見書名頁

我是韓國人。
저는 한국 사람이에요.
我　助詞　韓國　　人　　　是

名詞（無終聲）＋예요
名詞（有終聲）＋이에요

是 ＿＿＿＿＿

文法解說

「예요」、「이에요」為「是」（我是、他是、這是……）的意思，接於名詞後方。名詞的最後一個字沒有終聲時加「예요」（친구**예요**. 是朋友。）有終聲時加「이에요」（책**이에요**. 是書。）即可。在說話時，只要把句尾語調拉上去就會變成疑問句（「가수**예요**？你是歌手嗎？」「회사원**이에요**？你是上班族嗎？」）另外，「예요」、「이에요」隨著說話的對象或場合，可以改為半語「야」、「이야」或格式體「입니다」（請參考 p.60）。

例句練習

주부**예요**？	妳是家庭主婦嗎？
이름이 뭐**예요**？	你叫什麼名字？
저는 회사원**이에요**.	我是上班族。
이건 한국어 책**이에요**.	這是韓文書。

寫寫看

- 你是誰？

  누구예요 ? 　　누구예요 ?
  　誰　　是

- 是我的朋友。

  제 친구예요 . 　제 친구예요 .
  　我的　朋友　是

- 這是什麼？

  이게 뭐예요 ? 　이게 뭐예요 ?
  　這個　什麼　是

- 這是筆記簿。

  이건 공책이에요 . 이건 공책이에요 .
  　這個　筆記簿　　是

- 我們是學生。

  우리는 학생이에요 .
  　我們　助詞　學生　　是

  우리는 학생이에요 .

- 我是台灣人。

  저는 대만 사람이에요 .
  　我　助詞　台灣　　人　　是

  저는 대만 사람이에요 .

02 補助詞 ▶ N 은/는   MP3 02

我是學生。
저는 학생이에요.
我　助詞　學生　　是

名詞（無終聲）＋ 는
名詞（有終聲）＋ 은　　　　補助詞

文法解說

「은/는」是用於介紹自己、別人或任一對象為討論話題時，所使用的補助詞。名詞沒有終聲時加「는」(저는 我是)，有終聲時加「은」(이것은 這是)。

例句練習

이것은 무엇입니까？	這是什麼？
언니는 회사원이에요.	姊姊是上班族。
그는 한국 사람이에요.	他是韓國人。
우리 선생님은 여자예요.	我們老師是女生。

小筆記

「我」的韓文有兩種：「저」、「나」。「저」為謙卑用語，是降低自己的說法，因此，適合用於不認識或必須要使用敬語的對象；而「나」則為一般用語。

寫寫看

- 我是歌手。

저는 가수예요.
我 助詞 歌手 是

저는 가수예요.

- 哥哥是大學生。

오빠는 대학생이에요.
哥哥 助詞 大學生 是

오빠는 대학생이에요.

- 今天沒空。

오늘은 시간이 없어요.
今天 助詞 時間 助詞 沒有

오늘은 시간이 없어요.

- 我的故鄉是首爾。

저의 고향은 서울이에요.
我的 故鄉 助詞 首爾 是

저의 고향은 서울이에요.

- 我的同事是外國人。

제 동료는 외국 사람이에요.
我的 同事 助詞 外國 人 是

제 동료는 외국 사람이에요.

015

03 主格助詞 ▶ N 이 / 가　　MP3 03

你叫什麼名字？
이름이 뭐예요 ?
名字　助詞　什麼　是

> 名詞（無終聲）＋ 가
> 名詞（有終聲）＋ 이　　　主格助詞

文法解說

用於主詞的助詞。名詞沒有終聲時加「가」(친구**가** 朋友)，有終聲時加「이」(「부모님**이** 父母親」)即可。請注意，當「저 / 나 我」、「너 你 / 妳」、「누구 誰」搭配助詞「이 / 가」時：

저 + 가 →	저가 ✗ / 제가 ○	我（謙卑用語）
나 + 가 →	나가 ✗ / 내가 ○	我（一般用語）
너 + 가 →	너가 ✗ / 네가 ○	你 / 妳
누구 + 가 →	누구가 ✗ / 누가 ○	誰

例句練習

지금 비가 와요.　　　　　　現在在下雨。
오늘 날씨가 좋네요.　　　　今天天氣好。
전화번호가 몇 번이에요?　　你的電話號碼是幾號？
오늘이 무슨 요일이에요?　　今天是星期幾？

> 寫寫看

03

- 你叫什麼名字？

이름이 뭐예요 ?
名字　助詞　什麼　　是

이름이 뭐예요 ?

- 你的家住哪裡？

집이 어디예요 ?
家　助詞　　哪裡　　　是

집이 어디예요 ?

- 炒年糕好吃。

떡볶이가 맛있어요 .
　炒年糕　助詞　　　好吃

떡볶이가 맛있어요 .

- 現在在下大雨。

지금 비가 많이 와요 .
　現在　　雨 助詞　很多　　下

지금 비가 많이 와요 .

- 韓劇好看。

한국 드라마가 재미있어요 .
　韓國　　　連續劇　　助詞　　　有趣

한국 드라마가 재미있어요 .

017

04 比較「은/는」與「이/가」　MP3 04

「은/는」與「이/가」皆可用於主詞後，因此讓學習者難以區分它們之間的差別。實際上，韓國人並不會分得那麼細。請看以下的例句：

- **제가** 오늘 회사에 안 갔어요．　　我今天沒有上班。
- **저는** 오늘 회사에 안 갔어요．　　我今天沒有上班。

這兩句只差在使用的助詞不同，但意思卻是相同的。不過，有些時候我們必需要做出區分：

接形容詞時，使用「이/가」

- **배가** 아파요．　　肚子痛。
  » 「아프다 痛」為形容詞，所以使用的助詞為「이/가」。

對比的句子則使用「은/는」

- **머리는** 아프지만 **배는** 안 아파요．　頭痛，但肚子不痛。
  » 雖然「아프다 痛」是形容詞，但是整句是對比的句子，所以使用「은/는」。

該主詞在句子中第一次出現時使用「이/가」
第二次出現則使用「은/는」最為自然

A：**여기가** 어디예요？　　這裡是哪裡？
　　「여기 這裡」第一次出現

B：**여기는** 커피숍이에요．　　這裡是咖啡廳。
　　「여기 這裡」第二次出現

05 不是 ▶ N 이 / 가 아니에요　MP3 05

我不是韓國人。
저는 한국 사람이 아니에요.
我　助詞　韓國　　人　　　不是

名詞（無終聲）＋가 아니에요
名詞（有終聲）＋이 아니에요

不是 _____

文法解說

　　名詞沒有終聲時加「가 아니에요」（주부가 아니에요. 不是家庭主婦。）有終聲時加「이 아니에요」（회사원이 아니에요. 不是上班族。）「아니에요」與另一種否定句「아니요. 不是。」的差別在於，「아니요」是單純的回答「네. 是。」或「아니요. 不是。」，而「아니에요」是否定具體的名詞時使用。例如：

A: 학생이에요?　　　　　你是學生嗎？
B: 아니요. 학생이 아니에요.　不，我不是學生。

例句練習

이건 물이 아니에요.　　　這個不是水。
제 가방이 아니에요.　　　這不是我的包包。
저는 의사가 아니에요.　　我不是醫生。
오늘은 휴일이 아니에요.　今天不是假日。

小筆記

「아니에요.」除了指「不是。」之外，還可以代替「천만에요. 不客氣。」與「괜찮아요. 沒關係。」

寫寫看

- 這不是謊言。
  거짓말이 아니에요.
  　　說謊　　　　不是

  거짓말이 아니에요.

- 我不是上班族。
  저는 회사원이 아니에요.
  　我　助詞　上班族　　　　不是

  저는 회사원이 아니에요.

- 他不是老師。
  그는 선생님이 아니에요.
  　他　助詞　老師　　　　不是

  그는 선생님이 아니에요.

- 他不是我的朋友。
  그는 제 친구가 아니에요.
  　他　助詞　我的　朋友　　　不是

  그는 제 친구가 아니에요.

- 這裡不是捷運站。
  여긴 지하철역이 아니에요.
  　這裡　　　捷運站　　　　不是

  여긴 지하철역이 아니에요.

06 指示代名詞（這/那/那）▶ 이/그/저　MP3 06

這個人是誰？
이 사람은 누구예요？
　這　　人　　助詞　　誰　　　是

이 這	그 那	저 那	어느 哪一
이것 (= 이거) 這個	그것 (= 그거) 那個	저것 (= 저거) 那個	어느 것(=어느 거) 哪一個
여기 這裡	거기 那裡	저기 那裡	어디 哪裡

文法解說

　　指示代名詞「이 這」、「그 那」、「저 那」、「어느 哪一」後面直接接名詞使用，例如：「**이** 사람 這個人」、「**그** 가방 那個包包」、「**저** 차 那輛車」、「**어느** 방향 哪一方向」……。所指稱的名詞離聽者近的時候，使用「그」；離聽者遠則使用「저」。但是前句已經提過的名詞，亦可使用「그」來指稱：

A: **저** 식당은 줄이 기네요.　　那間餐廳大排長龍啊。
B: **그** 식당은 맛집이라 항상 손님이 많아요.
　　那間是美食餐廳，所以總是很多客人。

例句練習

이게 뭐예요？　　　　　這是什麼？
여기가 어디예요？　　　這裡是哪裡？
그 옷이 예쁘네요.　　　那件衣服很漂亮。
저기는 우리 집이에요.　那裡是我的家。
어느 나라 사람이에요？　你是哪一國人？

> 寫寫看

- 那個是什麼？

  그건 뭐예요 ?
  　那個　　什麼　是

  그건 뭐예요 ?

> 小筆記
> 「이것 這個」、「그것 那個」、「저것 那個」的後面加助詞「이 / 가」或「은 / 는」時，可縮寫成：
> - 這個：이것이 → 이게 / 이것은 → 이건
> - 那個：그것이 → 그게 / 그것은 → 그건
> - 那個：저것이 → 저게 / 저것은 → 저건

- 那本書是我的。

  그 책은 제 거예요 .
  　那　書 助詞 我的 東西 是

  그 책은 제 거예요 .

- 這個人是誰？

  이 사람은 누구예요 ?
  　這　人　助詞　誰　　是

  이 사람은 누구예요 ?

- 那是我的韓文書。

  저건 제 한국어 책이에요 .
  　那個　我的　韓文　　書　　是

  저건 제 한국어 책이에요 .

- 那裡是女廁。

  거기는 여자 화장실이에요 .
  　那裡 助詞 女生　　廁所　　　是

  거기는 여자 화장실이에요 .

07 在 ▶ N 에서　MP3 07

你在這裡做什麼？
여기에서 뭐 해요?
　這裡　　在　　什麼　　做

名詞 ＋ 에서　　在_____

文法解說

「에서 在」為場所的助詞，代表**「在某個場所做某件事情」**，不論該場所有無終聲，都加「에서」。表達「『從』某一個場所到另一個場所」時，也使用「__『에서』__까지」，例如：「여기**에서** 저기까지 從這裡到那裡」。

例句練習

오늘은 집에서 쉬어요.	今天在家裡休息。
매일 공원에서 운동해요.	每天在公園運動。
지하철역에서 친구를 기다려요.	在捷運站等朋友。
커피숍에서 친구를 만날 거예요.	我要在咖啡廳和朋友見面。
약국에서 약을 사 먹었어요.	在藥局買藥來吃了。

> 寫寫看

- 你在那裡做什麼?

거기에서 뭐 해요 ?
　　那裡　　在　　什麼　做

거기에서 뭐 해요 ?

- 我們要在哪裡見面呢?

어디에서 만날까요 ?
　哪裡　　在　　（我們）要見面

어디에서 만날까요 ?

- 在圖書館借書。

도서관에서 책을 빌려요 .
　圖書館　　在　　書 助詞　借

도서관에서 책을 빌려요 .

- 在補習班學韓文。

학원에서 한국어를 배워요 .
　補習班　在　　韓文　助詞　學習

학원에서 한국어를 배워요 .

- 我們在捷運站附近見面吧。

지하철역 근처에서 만납시다 .
　捷運站　　附近　在　　見面吧

지하철역 근처에서 만납시다 .

08 在、不在 ▶ N 에 있어요 / 없어요

你現在在哪裡？

지금 어디에 있어요 ?
현재　　哪裡　助詞　　在

| 名詞 ＋ 에 있어요 | 在 _____ |
| 名詞 ＋ 에 없어요 | 不在 _____ |

文法解說

　　這裡指的「에 있어요 在」、「에 없어요 不在」，是單純的描述「某人或某物『在』或『不在』哪個位置、場所」。那麼，來比較助詞「에서」(p.23) 與「에」：這兩個助詞皆為**場所**的助詞，**「에서」是指在該場所做某件事情**，因此，後面可接任何動詞（「집**에서** 쉬어요. 在家休息。」「회사**에서** 일해요. 在公司工作。」……）而**「에」用於表達「移動的方向」**，因此，可接的動詞為「가다 去」、「오다 來」等移動相關的動詞（「집**에** 가요? 回家嗎?」「언제 와요? 何時回來?」）以及「있다 在」、「없다 不在」。

例句練習

집에 아무도 없어요.　　　　　家裡沒有人。
화장실이 어디에 있어요?　　　洗手間在哪裡？
학생들이 교실에 있어요.　　　學生在教室裡。
휴대폰은 책상 위에 있어요.　　手機在書桌上。
지하철역은 이 근처에 없어요.　捷運站不在這附近。

> **小筆記**
>
> 「있어요、없어요」除了指「在、不在」，另一種意思為「有、沒有」，這時候的助詞是使用「이 / 가」：
>
> 휴대폰이 있어요.   我有手機。
> 지갑에 현금이 없어요. 錢包裡沒有現金。

練習題 請選出正確的答案。

1. 식당 (❶ 에서 | ❷ 에) 밥을 먹어요.   在餐廳裡吃飯。

2. 그는 여기 (❶ 에서 | ❷ 에) 없어요.   他不在這裡。

3. 공원 (❶ 에서 | ❷ 에) 산책했어요.   在公園散步了。

4. 어제 공원 (❶ 에서 | ❷ 에) 갔어요.   昨天去了公園。

5. 내일 회사 (❶ 에서 | ❷ 에) 안 가요.   明天不去公司。

6. 지금 어디 (❶ 에서 | ❷ 에) 있어요?   你現在在哪裡？

7. 어디 (❶ 에서 | ❷ 에) 친구를 만나요? 你和朋友在哪裡見面？

答案：1. ❶ 2. ❷ 3. ❶ 4. ❷ 5. ❷ 6. ❷ 7. ❶

寫寫看

- 你在哪裡？

어디에 있어요?
哪裡　助詞　　在

어디에 있어요?

- 有誰在家？

누가 집에 있어요?
誰　　家 助詞　　在

누가 집에 있어요?

- 現在在公車上。

지금 버스에 있어요.
現在　　公車　助詞　　在

지금 버스에 있어요.

- 教室裡沒有人。

교실에 아무도 없어요.
教室 助詞　任何人也　不在

교실에 아무도 없어요.

- 錢包在包包裡。

지갑은 가방 안에 있어요.
錢包 助詞　包包　裡面 助詞　在

지갑은 가방 안에 있어요.

027

09 受格助詞 ▶ N 을/를　　MP3 09

我每天讀韓文。
매일 한국어를 공부해요.
　每天　　　韓文　　助詞　　　讀書

名詞（無終聲）＋ **를**
名詞（有終聲）＋ **을**　　受格助詞

文法解說

「을/를」是用於受詞後的助詞。所謂的「受詞」是指「受到動詞影響的對象」，也就是「動作的承受者」。當名詞沒有終聲時加「를」(드라마를 보다 看連續劇)，有終聲時加「을」(물을 마시다 喝水)即可。請注意，韓文的動詞會出現在受詞後方(主詞＋受詞＋動詞)，請看以下例句：

저는 밥을 먹어요.　　我在吃飯。
我　助詞　飯　助詞　　吃

요즘 한국어를 배워요.　　最近在學韓文。
最近　　韓文　助詞　　學習

내일 영화를 봐요.　　明天看電影。
明天　電影　助詞　看

寫寫看

- 每天閱讀報紙。

매일 신문을 읽어요.
　　매天　　報紙　助詞　　閱讀

매일 신문을 읽어요.

- 最近在學韓文。

요즘 한국어를 배워요.
　　最近　　韓文　　助詞　　學習

요즘 한국어를 배워요.

- 我正在吃早餐。

지금 아침을 먹고 있어요.
　現在　早餐 助詞　吃　　正在

지금 아침을 먹고 있어요.

- 和朋友拍了照片。

친구하고 사진을 찍었어요.
　朋友　和　　照片 助詞　　拍了

친구하고 사진을 찍었어요.

- 我喜歡韓文歌。

저는 한국 노래를 좋아해요.
 我 助詞　韓國　歌曲 助詞　　喜歡

저는 한국 노래를 좋아해요.

029

10 現在式 ▶ V/A- 아요 / 어요　　MP3 10

我有很多韓國朋友。
한국 친구가 많아요.
韓國　　朋友　　助詞　　　多

> 母音 ㅏ、ㅗ　　　　＋　아요
> 母音 ㅏ、ㅗ 以外　＋　어요　　現在式

文法解說

動詞與形容詞的現在式改法相同，原形都是「다」結尾（「가다 去」、「오다 來」、「하다 做」……）。把原形的「다」去掉後，最後一個字的母音如果是「ㅏ、ㅗ」結尾，那麼加「- 아요」；「ㅏ、ㅗ」以外的任一母音都加「- 어요」。請注意，**「하다 做」結尾的單字為不規則變化，其現在式為「해요」**（「공부하다 讀書 → 공부해요」、「운동하다 運動 → 운동해요」、「쇼핑하다 逛街 → 쇼핑해요」）。更多不規則變化請參考 p.187。

「ㅏ、ㅗ」

가다 去　→ **가아요** → **가요**
　　　　　　母音相同可省略

오다 來　→ **오아요** → **와요**
　　　　　　　　　　可變成複合母音「ㅘ」

놀다 玩　→ **놀아요**

좋다 好　→ **좋아요**

「ㅏ、ㅗ」以外

마시다 喝 → **마시어요** → **마셔요**
　　　　　　　可變成複合母音「ㅕ」

주다 給　→ **주어요** → **줘요**
　　　　　　　可變成複合母音「ㅝ」

먹다 吃 → **먹어요**

입다 穿 → **입어요**

030

例句練習

지금 뭐 해요?   現在在做什麼？
한국 아이돌 좋아해요?   你喜歡韓國偶像嗎？
한식당에서 밥을 먹어요.   在韓式料理店吃飯。
한국어를 열심히 공부해요.   我很認真地讀韓文。
자기 전에 텔레비전을 봐요.   睡覺前看電視。

小筆記

韓文的現在式可用於常態、習慣性的動作和事情。例如：

요즘 한국어를 배워요.   我最近在學韓文。
저는 항상 일찍 일어나요.   我總是早起。

練習題　請改成現在式

例) 가다 去	가요	01. 사다 買	
02. 자다 睡覺		03. 읽다 閱讀	
04. 살다 住		05. 알다 知道	
06. 만나다 見面		07. 쉬다 休息	
08. 배우다 學習		09. 작다 小	
10. 만들다 製作		11. 멀다 遠	
12. 보다 看		13. 맛있다 好吃	

解答：1. 사요 2. 자요 3. 읽어요 4. 살아요 5. 알아요 6. 만나요 7. 쉬어요 8. 배워요 9. 작아요 10. 만들어요 11. 멀어요 12. 봐요 13. 맛있어요

寫寫看

- 你在吃什麼？

뭐 먹어요?
　什麼　吃

뭐 먹어요?

- 今天要看電影。

오늘 영화를 봐요.
　今天　電影　助詞　看

오늘 영화를 봐요.

- 拌飯好吃。

비빔밥이 맛있어요.
　拌飯　助詞　好吃

비빔밥이 맛있어요.

- 我每天喝咖啡。

저는 매일 커피를 마셔요.
　我 助詞　每天　咖啡 助詞　喝

저는 매일 커피를 마셔요.

- 和朋友在百貨公司逛街。

친구하고 백화점에서 쇼핑해요.
　朋友　和　　百貨公司　在　　逛街

친구하고 백화점에서 쇼핑해요.

11 否定 (不) ▶ 안 V/A　MP3 11

我不吃肉。
저는 고기를 안 먹어요 .
我　助詞　　肉　助詞　　不　　　吃

안 + 動詞 / 形容詞　　不

文法解說

「안」是接於動詞與形容詞前的否定詞，中文翻成「不」。請注意，當「名詞 + 하다」所組合成的動詞在改成否定時，順序為「名詞 + 否定 + 하다」（「운동하다 運動 → 운동 안 해요 不運動」、「공부하다 讀書 → 공부 안 해요 不讀書」、「일하다 工作 → 일 안 해요 不工作」），但是「좋아하다 喜歡」這四個字不能拆開來寫，所以否定詞「안」要放在整個動詞的最前面 (좋아하다 喜歡 → 안 좋아해요 不喜歡)。

例句練習

날씨가 안 좋아요 .　　　　天氣不好。
저는 술을 안 마셔요 .　　　我不喝酒。
오늘은 비가 안 왔어요 .　　今天沒有下雨。
영화를 별로 안 좋아해요 .　我不怎麼喜歡看電影。

小筆記

「하다」結尾的形容詞在改否定時，不能像動詞一樣分開寫成「名詞 + 否定 + 하다」，例如：「유명하다 有名的 → 안 유명해요 不有名」、「착하다 善良的 → 안 착해요 不善良」。

寫寫看

- 天氣不冷。

  날씨가 안 추워요.
  　天氣　助詞　不　　冷

  날씨가 안 추워요.

- 今天不上班。

  오늘 회사에 안 가요.
  　今天　　公司　助詞　不　去

  오늘 회사에 안 가요.

- 早上沒有下雨。

  아침에 비가 안 왔어요.
  　早上 助詞 雨 助詞 沒有　下過

  아침에 비가 안 왔어요.

- 為什麼不喜歡運動？

  왜 운동을 안 좋아해요?
  　為什麼　運動 助詞　不　　喜歡

  왜 운동을 안 좋아해요?

- 我不聽韓文歌。

  저는 한국 노래를 안 들어요.
  　我 助詞　韓國　歌曲 助詞　不　聽

  저는 한국 노래를 안 들어요.

034

12　過去式 ▶ V/A- 았어요 / 었어요　MP3 12

昨天和朋友見了面。
어제 친구를 만났어요.
　昨天　　朋友　助詞　　　見面了

| 母音ㅏ、ㅗ | ＋ 았어요 | 過去式 |
| 母音ㅏ、ㅗ以外 | ＋ 었어요 | |

文法解說

　　動詞與形容詞的過去式改法相同。動詞、形容詞原形都是「다」結尾（「가다 去」、「오다 來」、「하다 做」……），把「다」去掉後,最後一個字的母音如果是「ㅏ、ㅗ」結尾,那麼要加「- 았어요」;「ㅏ、ㅗ」以外的任一母音都加「- 었어요」。請注意,**「하다」結尾的單字為不規則變化,其過去式為「했어요」**。

「ㅏ、ㅗ」

가다　去 → **가았어요** → **갔어요**　　　오다　來 → **오았어요** → **왔어요**
　　　　　　　母音相同可省略　　　　　　　　　　　　　可變成複合母音「ㅘ」
놀다　玩 → **놀았어요**　　　　　　　좋다　好 → **좋았어요**

「ㅏ、ㅗ」以外

마시다　喝 → **마시었어요** → **마셨어요**　　주다　給 → **주었어요** → **줬어요**
　　　　　　　變成複合母音「ㅕ」　　　　　　　　　　可變成複合母音「ㅝ」
먹다　吃 → **먹었어요**　　　　　　　입다　穿 → **입었어요**

035

例句練習

잘 지냈어요? 過得好嗎?
오늘 치마를 입었어요. 今天穿了裙子。
밥을 아직 안 먹었어요. 我還沒有吃飯。
주말에 어디에 갔어요? 週末去了哪裡?
어제는 무슨 요일이었어요? 昨天是星期幾?

小筆記

「N예요 / 이에요」的過去式為「N였어요 / 이었어요 曾經是、以前是」。

練習題　請改成現在式

例) 타다 搭乘	탔어요	01. 앉다 坐	
02. 가르치다 教		03. 있다 有、在	
04. 없다 沒有、不在		05. 찍다 拍(照)	
06. 말하다 說話		07. 알다 知道	
08. 비싸다 貴		09. 기다리다 等待	
10. 많다 多		11. 살다 住	
12. 보다 看		13. 맛있다 好吃	

解答：1. 앉았어요 2. 가르쳤어요 3. 있었어요 4. 없었어요 5. 찍었어요 6. 말했어요 7. 알았어요 8. 비쌌어요 9. 기다렸어요 10. 많았어요 11. 살았어요 12. 봤어요 13. 맛있었어요

寫寫看

- 我沒有寫作業。

숙제를 안 썼어요.
作業　助詞　沒有　寫（過去式）

숙제를 안 썼어요.

- 我以前是上班族。

저는 회사원이었어요.
我　助詞　　上班族　　　曾經是

저는 회사원이었어요.

- 我週末待在家裡了。

주말에 집에 있었어요.
週末　助詞　家　助詞　在（過去式）

주말에 집에 있었어요.

- 昨天是星期六。

어제는 토요일이었어요.
昨天　助詞　　星期六　　　是（過去式）

어제는 토요일이었어요.

- 我還沒有吃午餐。

아직 점심을 안 먹었어요.
還　　午餐　助詞　沒有　吃（過去式）

아직 점심을 안 먹었어요.

037

13 未來式 ▶ V/A-(으)ㄹ 거예요   MP3 13

我要和朋友吃韓式料理。
친구하고 한식을 먹을 거예요.
　朋友　　和　　　韓食 助詞 吃　　　將要

> 動詞、形容詞（無終聲）＋ ㄹ 거예요
> 動詞、形容詞（有終聲）＋ 을 거예요　　將要

文法解說

未來式「-(으)ㄹ 거예요」亦可用以表示說話者的猜測，因此，視情況會翻成「可能會……」、「應該會……」（맛있다 好吃 → 맛있**을 거예요** 應該會好吃）。請注意，此文法有不規則變化：

ㄹ不規則　＊直接加「거예요」

- 만들다 製作 → 만들 거예요
- 놀다 玩 → 놀 거예요

ㄷ不規則　＊「ㄷ」改成「ㄹ」後加「을 거예요」（「닫다 關」等部分單字為規則變化）

- 듣다 聽 → 들을 거예요
- 걷다 走路 → 걸을 거예요

ㅂ不規則　＊「ㅂ」脫落後加「우」，再加「ㄹ 거예요」（「입다 穿」等部分單字為規則變化）

- 춥다 冷 → 추울 거예요
- 덥다 熱 → 더울 거예요

例句練習

주말에 뭐 할 거예요? 　　週末要做什麼？
앞자리에 앉을 거예요. 　　我要坐前面的位子。
내일 친구를 만날 거예요. 　　明天要和朋友見面。
내년에 한국에 갈 거예요. 　　明年要去韓國。
수업이 끝나고 밥을 먹을 거예요. 　　下課後要吃飯。

練習題　請改成未來式

例) 입다 穿	입을 거예요	01. 마시다 喝	
02. 듣다 聽		03. 쉽다 簡單	
04. 알다 知道		05. 살다 住	
06. 모르다 不知道		07. 있다 有、在	
08. 기다리다 等待		09. 닫다 關	

解答：1. 마실 거예요 2. 들을 거예요 3. 쉬울 거예요 4. 알 거예요 5. 살 거예요 6. 모를 거예요 7. 있을 거예요 8. 기다릴 거예요 9. 닫을 거예요

> 寫寫看

- 你要什麼時候來？

언제 올 거예요?
　何時　　來（未來式）

언제 올 거예요?

- 我要看書。

책을 읽을 거예요.
　書　助詞　　閱讀（未來式）

책을 읽을 거예요.

- 他應該不會知道。

그는 아마 모를 거예요.
　他 助詞　有可能　　不知道（猜測）

그는 아마 모를 거예요.

- 我要在公園散步。

공원에서 산책할 거예요.
　公園　　在　　　散步（未來式）

공원에서 산책할 거예요.

- 今天要在家裡休息。

오늘은 집에서 쉴 거예요.
　今天　助詞　家　在　　休息（未來式）

오늘은 집에서 쉴 거예요.

14　時間點的助詞 ▶ N 에　　MP3 14

晚上忙嗎？
저녁에 바빠요?
晚上　助詞　　忙嗎

時間點　+　에　　助詞

文法解說

助詞「에」除了用於場所外，還可以接時間點。不管名詞有無終聲，都加「에」，但是**不能與「어제 昨天、오늘 今天、내일 明天、매일 每天、언제 何時」結合使用**：

언제에 만나요？　✘ → 언제 만나요？　◯　何時見面？
어제에 뭐 했어요？　✘ → 어제 뭐 했어요？　◯　昨天做了什麼？

例句練習

평일에 바빠요？　　　　　　　平日忙嗎？
생일에 뭐 하고 싶어요？　　　生日那天你想做什麼？
주말에는 회사에 안 가요.　　週末不上班。
오후 한 시에 회의가 있어요.　下午一點要開會。
월요일에 한국어 수업이 있어요.　星期一有韓文課。

041

寫寫看

- 昨晚下雪了。

어젯밤에 눈이 왔어요.
　　昨晚　助詞　雪 助詞　　下了

어젯밤에 눈이 왔어요.

- 這週有空嗎？

이번 주에 시간 있어요?
　　這週　助詞　時間　　有

이번 주에 시간 있어요?

- 我們要星期幾見面？

무슨 요일에 만날까요?
　什麼　星期 助詞　（我們）要見面

무슨 요일에 만날까요?

- 秋天要回故鄉了。

가을에 고향으로 돌아가요.
　秋天 助詞　故鄉　往　　回去

가을에 고향으로 돌아가요.

- 國定假日不營業。

공휴일에는 문을 안 열어요.
　國定假日 助詞 助詞 門 助詞 不　開

공휴일에는 문을 안 열어요.

042

15 請 ▶ V-(으)세요　MP3 15

請坐這裡。
여기 앉으세요.
這裡　坐　請

動詞（無終聲）＋세요
動詞（有終聲）＋으세요
請

小筆記
向對方要求某物時，可使用「주세요 請給我」（「아메리카노 한 잔 주세요. 請給我一杯美式咖啡。」「이거 주세요. 請給我這個。」「영수증 주세요. 請給我收據。」）這時，加「좀 拜託、麻煩」會給人更恭敬的感覺（영수증 좀 주세요. 麻煩您給我收據。）

文法解說

「-(으)세요」為命令句，中文翻成「請」。動詞沒有終聲時，把原形的「다」去掉後加「세요」（주다 給 → 주세요），有終聲時加「으세요」（읽다 閱讀 → 읽으세요）即可。另外請注意，此文法有以下不規則變化：

ㄹ不規則　*「ㄹ」脫落後加「세요」

- 만들다 製作 → 만드세요
- 놀다 玩 → 노세요

ㄷ不規則　*「ㄷ」改成「ㄹ」後加「으세요」（「닫다 關」等部分單字為規則變化）

- 듣다 聽 → 들으세요
- 걷다 走路 → 걸으세요

ㅂ不規則　*「ㅂ」脫落後加「우」，再加「세요」（「입다 穿」等部分單字為規則變化）

- 돕다 幫忙 → 도우세요
- 굽다 烤 → 구우세요

例句練習

저 좀 도와주세요.　　　　　請幫幫我。
오늘은 일찍 쉬세요.　　　　今天就早點休息吧。
다음 주에 또 오세요.　　　　請下週再來。

043

寫寫看

- 請好好休息。
  푹 쉬세요.   푹 쉬세요.
  好好地　休息　請

- 歡迎光臨。
  어서 오세요.   어서 오세요.
  快點　來　請

- 再見。
  안녕히 가세요.   안녕히 가세요.
  平安地　走　請

- 祝週末愉快。
  주말 잘 보내세요.
  週末　好好地　度過　請
  주말 잘 보내세요.

- 請認真讀書。
  열심히 공부하세요.
  認真地　讀書　請
  열심히 공부하세요.

- 請在此處寫聯絡方式。
  여기에 연락처를 쓰세요.
  這裡　助詞　聯絡方式　助詞　寫　請
  여기에 연락처를 쓰세요.

044

16 請不要 ▶ V- 지 마세요　　MP3 16

請不要在圖書館喧嘩。

도서관에서 떠들지 마세요.
　圖書館　　　在　　　喧嘩　　請不要

> 動詞　＋　지 마세요　　請不要

文法解說

「- 지 마세요」為命令句，中文翻成「請不要」。不論動詞有無終聲，把原形的「다」去掉後加「지 마세요」(「가다 去 → 가지 마세요」、「앉다 坐 → 앉지 마세요」) 即可。

例句練習

밤에 나가지 마세요.　　　　　　半夜請勿出門。
수업 시간에 졸지 마세요.　　　　上課請勿打瞌睡。
큰소리로 이야기하지 마세요.　　說話請不要太大聲。
실내에서 담배를 피우지 마세요.　在室內請勿吸菸。
지하철에서 음식을 먹지 마세요.　請勿在捷運裡吃東西。

練習題 請完成表格

	-(으)세요 請	-지 마세요 請不要
例) 가다 去	가세요	가지 마세요
01. 오다 來		
02. 눕다 躺		
03. 만들다 製作		
04. 사다 買		
05. 앉다 坐		
06. 드시다 吃、喝		

Note

寫寫看

- 請不要哭。

울지 마세요.
   哭   請不要

울지 마세요.

- 請不要晚睡。

늦게 자지 마세요.
  晚地 睡覺 請不要

늦게 자지 마세요.

- 請不要插隊。

새치기하지 마세요.
   插隊   請不要

새치기하지 마세요.

- 請不要對任何人說。

아무에게도 말하지 마세요.
  對任何人也   說   請不要

아무에게도 말하지 마세요.

- 請勿在此處丟垃圾。

여기에 쓰레기를 버리지 마세요.
 這裡 助詞 垃圾 助詞 丟   請不要

여기에 쓰레기를 버리지 마세요.

17 也 ▶ N 도   MP3 17

我也有學過韓文。
저도 한국어를 배웠어요.
我　也　　　韓文　　助詞　　　學過

名詞　+　도　　也

文法解說

「N 도」是加在名詞後的助詞，中文翻成「也」。不論名詞有無終聲，都加「도」。請注意，「도」不能與助詞「이/가」、「은/는」、「을/를」一起使用：

저는도 서울에 살아요. ✗ → 저도 서울에 살아요. ○　我也住首爾。
술을도 마셨어요. ✗ → 술도 마셨어요. ○　我也有喝酒。

但是，「도」可與「에」、「에서」一起使用：
주말에도 회사에 가요.　　週末也要去公司。
집에서도 열심히 공부해요.　在家裡也認真地讀書。

例句練習

내일도 바쁠 거예요.　　　明天也會很忙的。
오늘도 날씨가 좋네요.　　今天也是好天氣。
어제도 술을 마셨어요?　　昨天也有喝酒嗎？
저도 등산을 좋아해요.　　我也喜歡爬山。

小筆記
如果想說「我也是。」就直接說「저도요.」或半語「나도.」即可。

寫寫看

- 我也不知道。

  저<u>도</u> 모르겠어요 . 저도 모르겠어요 .
  我 也　　　不知道

- 現在還在下雨。

  지금<u>도</u> 비가 와요 . 지금도 비가 와요 .
  現在　也　雨　助詞　下

- 今天也有運動。

  오늘<u>도</u> 운동했어요 .
  今天　也　　　運動了

  오늘도 운동했어요 .

- 週末也要上班。

  주말에<u>도</u> 출근해요 .
  週末　助詞 也　　上班

  주말에도 출근해요 .

- 下週也要出差。

  다음 주에<u>도</u> 출장 가요 .
  　　下週　助詞 也　出差　去

  다음 주에도 출장 가요 .

- 頭也痛，喉嚨也痛。

  머리<u>도</u> 아프고 목<u>도</u> 아파요 .
  頭　也　痛　而且 喉嚨 也　痛

  머리도 아프고 목도 아파요 .

049

18　和 ▶ N 하고 , N 와 / 과 , N(이) 랑

MP3 18

請給我一杯咖啡和草莓蛋糕。
커피 한 잔하고 딸기 케이크 주세요 .
咖啡　一　杯　和　　草莓　　蛋糕　　請給我

名詞　　　　+ 하고　和

名詞（無終聲）+ 와
名詞（有終聲）+ 과　　和

名詞（無終聲）+ 랑
名詞（有終聲）+ 이랑　和

▌文法解說

「和」的韓文有三種：

❶ 하고：書面、口語皆可使用。不論有無終聲，都加「하고」。
　　컵하고 젓가락 주세요 .　　請給我杯子和筷子。

❷ 와 / 과：較正式的用法、常用於書面。沒有終聲時加「와」，有終聲時加「과」。
　　오늘은 친구와 약속이 있어요 .　今天和朋友有約。
　　오늘과 내일 비가 온대요 .　聽說今天和明天會下雨。

050

❸ (이)랑 : 用於口語的對話。沒有終聲時加「랑」，有終聲時加「이랑」。

저랑 산책할래요 ? 　　　　　　　要和我散步嗎？
책상에 휴대폰이랑 지갑이 있어요. 書桌上有手機和錢包。

例句練習

물과 같이 드세요. 　　　　　　　請配水吃。
저는 오빠랑 언니가 있어요. 　　我有哥哥和姊姊。
친구하고 같이 점심을 먹었어요. 和朋友吃了午餐。
한국어와 중국어를 할 줄 알아요. 我會說韓文和中文。

練習題 請選出正確的答案

1. 오늘 (❶ 랑 | ❷ 이랑) 내일 시간 있어요? 今天和明天有空嗎？

2. 친구 (❶ 랑 | ❷ 이랑) 영화를 볼 거예요. 我要和朋友看電影。

3. 부모님 (❶ 와 | ❷ 과) 식사했어요. 和父母親用了餐。

4. 필통에 연필 (❶ 와 | ❷ 과) 지우개가 있어요.

　　　　　　　　　　　　　　　　　鉛筆盒裡有鉛筆和橡皮擦。

5. 부대찌개 (❶ 와 | ❷ 과) 비빔밥을 좋아해요.

　　　　　　　　　　　　　　　　　我喜歡部隊鍋和拌飯。

6. 서울 (❶ 와 | ❷ 과) 부산에 가 봤어요. 我有去過首爾和釜山。

答案：1.❷ 2.❶ 3.❷ 4.❷ 5.❶ 6.❷

寫寫看

- 我和家人住一起。

 가족과 같이 살아요.
 家人　和　一起　　住

 가족과 같이 살아요.

- 請給我水杯和碟子。

 물컵이랑 접시 좀 주세요.
 水杯　　和　　碟子　麻煩　請給我

 물컵이랑 접시 좀 주세요.

- 今天要和我吃晚餐嗎？

 오늘 저랑 저녁 먹을래요?
 今天　我 和　晚餐　　要吃嗎

 오늘 저랑 저녁 먹을래요?

- 我和同學們的感情好。

 저하고 친구들은 사이가 좋아요.
 我　和　朋友們　助詞　關係 助詞　　好

 저하고 친구들은 사이가 좋아요.

- 錢包裡有現金和交通卡。

 지갑에 현금하고 교통카드가 있어요.
 錢包 助詞 現金　和　　交通卡　助詞　有

 지갑에 현금하고 교통카드가 있어요.

19 雖然……，但是…… ▶ V/A-지만，N(이)지만

這間餐廳雖然貴，但是好吃。
이 식당은 비싸지만 맛있어요.
　這　　餐廳　助詞　　貴　　　雖然　　　　　好吃

動詞、形容詞	+	지만
名詞（無終聲）	+	지만
名詞（有終聲）	+	이지만

雖然……，但是……

文法解說
表示轉折語氣，中文翻成「雖然……，但是……」。不論動詞或形容詞有無終聲都加「지만」，沒有終聲的名詞加「지만」，有終聲的名詞加「이지만」。

例句練習

눈이 오지만 안 추워요.　　　　雖然在下雪，但是不冷。
가수지만 노래를 못해요.　　　　雖然是歌手，但是唱歌不好聽。
물건은 비싸지만 품질이 좋아요.　東西雖然貴，但是品質好。
저는 한국 사람이지만 김치를 안 먹어요.
　　　　　　　　　　　　　　　我雖然是韓國人，但是不吃泡菜。

小筆記
陳述過去的事情時，使用「V/A- 았지만 / 었지만 / 했지만」、「N 였지만 / 이었지만」：

한국어를 배웠지만 잘 못해요.　　雖然有學過韓文，但不流利。
어제는 추웠지만 오늘은 따뜻해요.　昨天冷，但今天溫暖。
어제는 주말이었지만 학교에 갔어요.　昨天雖然是週末，但是去了學校。

寫寫看

- 雖然冷，但是穿了裙子。

춥지만 치마를 입었어요.
冷　雖然　　裙子　助詞　　穿了

춥지만 치마를 입었어요.

- 雖然是星期日，但是上班了。

일요일이지만 출근했어요.
星期日　　雖然　　　　上班了

일요일이지만 출근했어요.

- 考試雖然難，但是考得不錯。

시험이 어려웠지만 잘 봤어요.
考試　助詞　　難　　雖然　　考得好

시험이 어려웠지만 잘 봤어요.

- 這間餐廳好吃，但是沒有客人。

이 식당은 맛있지만 손님이 없어요.
這　餐廳　助詞　好吃　雖然　客人　助詞　沒有

이 식당은 맛있지만 손님이 없어요.

- 我喜歡韓文歌，但是不會唱。

한국 노래를 좋아하지만 못 불러요.
韓國　歌曲　助詞　　喜歡　　雖然　不會　唱

한국 노래를 좋아하지만 못 불러요.

20 ……之後…… ▶ V-고, V-고 나서   MP3 20

下班後，和朋友吃了晚餐。

퇴근하고 친구와 저녁을 먹었어요.
下班　　後　　朋友　和　　晚餐　助詞　　　吃了

動詞 + 고　……之後……

小筆記
「-고」與「-고 나서」皆為表示先後順序，其連接方式也相同：
샤워하고 잤어요.　　洗完澡後睡覺了。
= 샤워하고 나서 잤어요.

文法解說

　　排列事情的先後順序時使用。不論動詞有無終聲，把原形的「다」去掉後加「고」（「밥을 먹다 吃飯 → 밥을 먹고」、「숙제하다 寫作業 → 숙제하고」）即可。就算是過去發生的事情、結束的動作，「-고」前面也不能使用過去時態，例如：

　　친구를 만났고 집에 왔어요.　✗　　和朋友見完面後，回家了。
→ **친구를 만나고 집에 왔어요.**　○

　　另外，如果把「-고」的前後句顛倒，意思則會相反：

　　밥을 먹고 물을 마셔요.　　　　**물을 마시고 밥을 먹어요.**
　　吃完飯再喝水。　　　　　　　　　喝完水後再吃飯。

例句練習

밥을 먹고 양치했어요.　　　吃完飯後刷了牙。
공부하고 샤워할 거예요.　　讀完書要去洗澡。
영화를 보고 쇼핑했어요.　　看完電影後逛街了。
수업이 끝나고 약속이 있어요. 下課後有約會。

寫寫看

- 洗完手後，再吃飯。

손을 씻고 밥을 먹어요.
手 助詞　洗 之後　飯 助詞　　吃

손을 씻고 밥을 먹어요.

- 下班後，你有空嗎？

퇴근하고 시간 있어요?
　下班　　之後　時間　　有

퇴근하고 시간 있어요?

- 看完電視後，睡覺了。

텔레비전을 보고 잤어요.
電視　　助詞　看 之後　睡覺了

텔레비전을 보고 잤어요.

- 喝一杯咖啡後再工作。

커피를 한 잔 마시고 일해요.
咖啡 助詞 一　杯　喝　之後　工作

커피를 한 잔 마시고 일해요.

- 運動完後，去吃早餐了。

운동하고 아침을 먹으러 갔어요.
運動　之後　早餐 助詞　吃　　　去

운동하고 아침을 먹으러 갔어요.

21 ……之後…… ▶ V- 아 / 어서

我們進咖啡廳後再說吧。
우리 커피숍에 들어가서 얘기해요.
我們　　咖啡廳　助詞　　進去　　　後　　　　說話

動詞現在式　＋　서　　……之後……

文法解說

用以表達動作發生的順序，表示前句的動作發生後，相關的動作緊跟著發生。使用時先把動詞改成現在式，再加上「서」即可。請注意，前句是後句發生的前提，因此，前後句必須要有關連。表達前後順序的「- 고」與「- 아 / 어서」的差別在於，「- 고」是單純表達前句動作結束後才發生後句動作，兩句之間並無任何關連。但是「- 아 / 어서」的前句與後句必須要有相關連，請看以下例句：

❶ 친구와 만나고 학교에 왔어요.
❷ 친구와 만나서 학교에 왔어요.

兩句翻成中文都是「和朋友見面後，上學了。」但是例句 ❶ 是使用「- 고」，代表前句「和朋友見面」與後句「上學」並無關連，只是在時間順序上「先和朋友見面」而已。而例句 ❷ 是使用「- 아 / 어서」，意味著前後句是有關連的，前句是後句發生的前提，所以可以把例句 ❷ 理解為「和朋友見面後，『一起』去學校了。」

例句練習

앉아서 잡지를 봐요. 坐著看雜誌。
일어나서 밥을 먹어요. 起床後吃飯。
교실에 와서 숙제해요. 到教室後，寫作業。
시장에 가서 야채를 사요. 去市場買菜。
영화관에 가서 영화를 봐요. 去電影院看電影。

練習題　請選出正確的答案。

1. 학교에 (❶ 가서 | ❷ 가고) 공부해요. 去學校讀書。
2. 친구에게 (❶ 전화해서 | ❷ 전화하고) 숙제를 물어봤어요.

打給朋友後問了作業。

3. 차를 (❶ 마셔서 | ❷ 마시고) 음악을 들어요.

喝完茶後聽音樂。

4. 점심을 (❶ 먹어서 | ❷ 먹고) 커피를 마셔요.

吃完午餐後喝咖啡。

5. 일찍 (❶ 일어나서 | ❷ 일어나고) 청소했어요. 早起後打掃了。
6. 공원에 (❶ 가서 | ❷ 가고) 자전거를 타고 싶어요.

想要去公園騎腳踏車。

7. 은행에 (❶ 가서 | ❷ 가고) 돈을 찾았어요. 去銀行領錢了。
8. 텔레비전을 (❶ 봐서 | ❷ 보고) 잤어요. 看完電視後，睡覺了。

寫寫看

- 我要回家休息。

집에 가서 쉴 거예요.
　　回家　之後　要休息（未來式）

집에 가서 쉴 거예요.

- 坐在椅子上看書。

의자에 앉아서 책을 봐요.
　椅子 助詞 坐 之後　書 助詞 看

의자에 앉아서 책을 봐요.

- 去圖書館讀書了。

도서관에 가서 공부했어요.
　圖書館　助詞 去 之後　讀書了

도서관에 가서 공부했어요.

- 早上起床後運動。

아침에 일어나서 운동해요.
　早上 助詞 起床　之後　　運動

아침에 일어나서 운동해요.

- 做蛋糕後，送禮了。

케이크를 만들어서 선물했어요.
　蛋糕 助詞 製作 之後　　送禮了

케이크를 만들어서 선물했어요.

059

22 格式體 ▶ V/A-ㅂ/습니다, N 입니다　MP3 22

我住台北。

저는 타이베이에 삽니다.
[我] [助詞]　　[台北]　　[助詞]　[住]

動詞、形容詞（無終聲）　+ ㅂ니다
動詞、形容詞（有終聲）　+ 습니다　　格式體
　　名詞　　　　　　　+ 입니다

> 文法解說

　　「格式體」是正式的說法，用於正式的場合，例如記者、主播、廣播、主持，或是在公司等地方，都適合使用「格式體」。沒有終聲的動詞、形容詞，加「ㅂ니다」（「가다 去 → 갑니다」、「하다 做 → 합니다」），有終聲的動詞、形容詞加「습니다」（「귀엽다 可愛 → 귀엽습니다」、「읽다 閱讀 → 읽습니다」）。若是改名詞，不論有無終聲都加「입니다」。此文法有不規則變化：

> ㄹ不規則　　*「ㄹ」脫落後加「ㅂ니다」

- 만들다 製作 → 만듭니다　　・놀다 玩 → 놉니다

請注意，**格式體的疑問句為「V/A-ㅂ/습니까？」「N 입니까？」**：

학생입니까?　　　　　你是學生嗎？
고기를 먹습니까?　　　你吃肉嗎？
지금 비가 옵니까?　　　現在在下雨嗎？
오늘은 무슨 요일입니까?　今天是星期幾？

例句練習

❶ A: 어느 나라 사람입니까?　　你是哪裡人？
   B: 저는 한국 사람입니다.　　我是韓國人。

❷ A: 한국 친구가 있습니까?　　你有韓國朋友嗎？
   B: 없습니다.　　沒有。

❸ A: 어제 무엇을 먹었습니까?　　昨天吃了什麼？
   B: 한식을 먹었습니다.　　我吃了韓式料理。

❹ A: 날씨가 어떻습니까?　　天氣如何？
   B: 아주 맑고 따뜻합니다.　　非常晴朗，又很溫暖。

小筆記
- 過去式的格式體為「V/A- 았 / 었습니다」、「N 였 / 이었습니다」
- 未來式的格式體為「V/A-(으) ㄹ 것입니다」、「N 일 것입니다」

練習題　請完成表格

	V/A- ㅂ / 습니까?	V/A- ㅂ / 습니다
例) 가다 去	갑니까?	갑니다
01. 열다 開		
02. 입다 穿		
03. 팔다 賣		
04. 읽다 閱讀		
05. 배우다 學習		
06. 끝나다 結束		
07. 좋아하다 喜歡		

答案：1. 엽니까? - 엽니다　2. 입습니까? - 입습니다　3. 팝니까? - 팝니다　4. 읽습니까? - 읽습니다　5. 배웁니까? - 배웁니다　6. 끝납니까? - 끝납니다　7. 좋아합니까? - 좋아합니다

> 寫寫看

- 你叫什麼名字？

이름이 무엇입니까 ?
　名字　助詞　什麼　　是

이름이 무엇입니까 ?

- 我不是上班族。

저는 회사원이 아닙니다 .
　我　助詞　上班族　　　不是

저는 회사원이 아닙니다 .

- 昨天是星期日。

어제는 일요일이었습니다 .
　昨天　助詞　星期日　　是（過去式）

어제는 일요일이었습니다 .

- 每天早上看報紙。

아침마다 신문을 읽습니다 .
　早上　每　　報紙　助詞　閱讀

아침마다 신문을 읽습니다 .

- 這附近沒有便利商店。

이 근처에 편의점이 없습니다 .
　這　附近　助詞　超商　助詞　沒有

이 근처에 편의점이 없습니다 .

062

23 現在進行式（正在）▶ V- 고 있다   MP3 23

我正在路上。
지금 가고 있어요.
　現在　　去　　　正在

> 動詞　+　고 있다　　正在

文法解說

表示動作正在進行。不論動詞有無終聲，把原形的「다」去掉後加「고 있다」。除了正在進行的動作外，亦可用於反覆發生的動作、事情，例如：

요즘 한국어를 배우고 있어요.　最近在學韓文。
언니는 회사에 다니고 있어요.　姊姊在上班。
저는 가족들과 서울에 살고 있어요.　我和家人住首爾。

如果主詞比說話者年長或社會地位更高，則使用「- 고 계시다」（請參考 p.166 敬語單元）：

어머니께서 요리하고 계세요.　媽媽正在煮菜。
할아버지께서 신문을 읽고 계세요.　爺爺正在看報紙。

例句練習

뭐 하고 있어요?　你現在在做什麼？
피곤해서 쉬고 있어요.　因為累，所以正在休息。
어제 이 시간에 야근하고 있었어요.　昨天這時間，我在加班。
샤워하고 있어서 전화 못 받았어요.　剛剛在洗澡，所以沒接到電話。

> **寫寫看**

小筆記
如果是陳述「在過去的時間點正在做某事」時，使用「-고 있었다」（「방금 운동하고 있었어요. 我剛剛在運動。」「아까 무슨 얘기하고 있었어요？剛剛在說什麼？」）即可。

- 你在路上嗎？

오고 있어요 ?
　來　　正在

오고 있어요 ?

- 現在正在開會。

지금 회의하고 있어요 .
　現在　會議　　　正在

지금 회의하고 있어요 .

- 剛剛在想別的事情。

방금 다른 생각하고 있었어요 .
　剛剛　其他的　想　　正在（過去式）

방금 다른 생각하고 있었어요 .

- 最近在學插花。

요즘 꽃꽂이를 배우고 있어요 .
　最近　插花　助詞　學習　正在

요즘 꽃꽂이를 배우고 있어요 .

- 奶奶正在看連續劇。

할머니께서 드라마를 보고 계세요 .
　奶奶　助詞　連續劇　助詞　看　正在

할머니께서 드라마를 보고 계세요

064

24 否定（無法）▶ 못 V　MP3 24

我不能吃海鮮。
저는 해산물을 못 먹어요.
我　助詞　　海鮮　助詞　不能　　吃

| 못 | + | 動詞 | 無法、沒辦法 |

文法解說

　　表示無法進行後面動作時使用，中文翻成「無法」、「沒辦法」、「不能」。當「名詞 + 하다」所組合成的動詞在改否定時，順序為「名詞 + 否定 + 하다」（「운동하다 運動 → 운동 못 해요 無法運動」、「공부하다 讀書 → 공부 못 해요 無法讀書」、「일하다 工作 → 일 못 해요 無法工作」）。請注意，「못」後面接動詞「하다 做」時，必須要注意有無空格的差別：

못 하다 → 有空格表示 (因某些因素) 沒辦法去做某事

다리를 다쳐서 운동을 못 해요.　　腿受傷了，所以不能運動。
밖이 시끄러워서 공부를 못 해요.　因為外面吵雜，無法讀書。

못하다 → 無空格表示不擅長、沒能力做某事

저는 공부를 못해요.　　　　　　我的功課不好。
제 동생은 운동을 못해요.　　　　我的弟弟不擅長運動。

065

> 例句練習

저는 자전거를 못 타요.   我不會騎腳踏車。
다음 주에 수업에 못 올 거예요.   下週應該是不能來上課。
바빠서 한국어 공부를 못 했어요.   因為忙碌，沒有讀韓文。
대만 지하철에서는 음식을 못 먹어요.   在台灣的捷運不能吃東西。

> 寫寫看

- 昨天沒能睡覺。

어제 잠을 못 잤어요.
　昨天　　　　沒有
　　　　睡　　　　覺

어제 잠을 못 잤어요.

- 現在不能接電話。

지금 전화를 못 받아요.
　現在　電話　助詞　不能　　接

지금 전화를 못 받아요.

- 在室內不能吸菸。

실내에서 담배를 못 피워요.
　室內　　在　　　　不能
　　　　　　　吸　　　　菸

실내에서 담배를 못 피워요.

- 因為喝了酒,無法開車。

술을 마셔서 운전을 못 해요.
酒 助詞 喝 因為 　　　　　不能
　　　　　　　　　開　　　　車

술을 마셔서 운전을 못 해요.

- 因為加班,沒能參加聚會。

야근 때문에 모임에 못 갔어요.
加班　　因為　　聚會 助詞 無法　去

야근 때문에 모임에 못 갔어요.

- 因為過敏,不能吃海鮮。

알레르기 때문에 해산물을 못 먹어요.
過敏　　　因為　　海鮮 助詞 無法　吃

알레르기 때문에 해산물을 못 먹어요.

067

25　否定（不）▶ V/A- 지 않다　MP3 25

我不看韓劇。
저는 한국 드라마를 보지 않아요.
我　助詞　韓國　　連續劇　助詞　看　　不

```
動詞　　＋
形容詞　＋　　지 않다　　　不
```

文法解說

　　「안」與「- 지 않다」皆為「不」的意思，但是連接方法不同。「안」是擺放於**動詞和形容詞前**的否定，要從動詞和形容詞去改時態；而「- 지 않다」是接於**動詞、形容詞後**，而且要從「- 지『않다』」去修改時態（「**- 지 않아요**」、「**- 지 않았어요**」、「**- 지 않을 거예요**」……）。先把原形的「다」去掉後，再加「지 않다」即可。

例句練習

❶ 저는 김치를 먹지 않아요.　　我不吃泡菜。
　= 저는 김치를 안 먹어요.

❷ 어제 공부를 하지 않았어요.　　昨天沒有讀書。
　= 어제 공부를 안 했어요.

❸ 모임에 참석하지 않을 거예요.　　我沒有要參加聚會。
　= 모임에 참석 안 할 거예요.

寫寫看

- 你為何沒參加聚會?

왜 모임에 오지 않았어요?
為何　聚會　助詞　來　　　　沒有

왜 모임에 오지 않았어요?

- 我沒有問他。

그에게 물어보지 않았어요.
他　向　　詢問　　　沒有

그에게 물어보지 않았어요.

- 因為疲倦，沒有回信。

피곤해서 답장하지 않았어요.
疲勞　因為　　回覆　　　沒有

피곤해서 답장하지 않았어요.

- 我不喜歡下雨天。

비 오는 날을 좋아하지 않아요.
雨　下的　日子 助詞　喜歡　　不

비 오는 날을 좋아하지 않아요.

- 捷運站離這裡不遠。

지하철역은 여기에서 멀지 않아요.
捷運站　助詞　這裡　在　遠　不

지하철역은 여기에서 멀지 않아요.

26 否定（無法）▶ V-지 못하다   MP3 26

因為在開會，沒有接到電話。
회의 중이라서 전화를 받지 못했어요.
會議　中　因為　　　接電話　　　沒辦法

動詞　+　지 못하다　　無法

文法解說

「못」與「-지 못하다」皆為「無法」、「沒辦法」、「不能」的意思，但是連接方法不相同。「못」是擺放於動詞前的否定，要從動詞去改時態；而「-지 못하다」是接於動詞後，而且要從「-지『못하다』」去修改時態（「-**지 못해요**」、「-**지 못했어요**」、「-**지 못할 거예요**」……）。先把原形的「다」去掉後，再加「지 못하다」即可。

小筆記

在 p.65 提到「못」後面接動詞「하다」時，中間有無空格意思將會不同，但是接於動詞後方的「-지『못하다』」是不可以空格的。

例句練習

❶ 저는 매운 음식을 먹**지 못해요**.　　我不能吃辣的食物。
= 저는 매운 음식을 못 먹어요.

❷ 감기 때문에 학교에 가**지 못했어요**. 因為感冒，沒能去學校。
= 감기 때문에 학교에 못 갔어요.

❸ 그는 아마 고기를 먹**지 못할 거예요**. 他應該是不能吃肉的。
= 그는 아마 고기를 못 먹을 거예요.

寫寫看 26

- 你沒有聽到消息嗎？

  소식 듣지 못했어요?
  消息　聽　　沒有（過去式）

  소식 듣지 못했어요?

- 他應該是不會知道的。

  그는 알지 못할 거예요.
  他　助詞　知道　　不會（猜測）

  그는 알지 못할 거예요.

- 我可能無法準時抵達。

  제시간에 오지 못할 거예요.
  準時　助詞　來　　無法（猜測）

  제시간에 오지 못할 거예요.

- 我沒能參加朋友的婚禮。

  친구 결혼식에 참석하지 못했어요.
  朋友　婚禮　助詞　出席　無法（過去式）

  친구 결혼식에 참석하지 못했어요.

- 我沒能把事情告訴朋友。

  그 일을 친구에게 말하지 못했어요.
  那　事情　助詞　朋友　向　說　無法（過去式）

  그 일을 친구에게 말하지 못했어요.

071

27 方法、手段的助詞（用 / 搭 / 透過）▶ N(으)로

MP3 27

我是搭捷運來這裡的。
여기에 지하철로 왔어요.
這裡　助詞　捷運　搭　來了

名詞（無終聲）　　+　　로
名詞（有終聲）　　+　　으로　　用、搭、透過

文法解說

「N(으)로」為表示方法與手段、交通工具的助詞，中文翻成「用 / 搭 / 透過」。沒有終聲的名詞加「로」（버스 公車 → 버스로），有終聲的名詞加「으로」（현금 現金 → 현금으로）。請注意，如果該名詞是「ㄹ」結尾，那麼即便它有終聲，也是要加「로」：

지하철 捷運　→　**지하철로**
연필　鉛筆　→　**연필로**

「N(으)로」亦可用於被選上的名詞後：
무엇으로 드릴까요?　　您要什麼？
이 가방으로 주세요.　　我要這個包包。

小筆記

若要表達「用走的（方式）」，韓文為「걸어서」：

집에 걸어서 가요.
我走回家。
여기까지 걸어서 왔어요.
我是徒步到這裡的。

例句練習

현금으로 결제할게요.　　　　　我要付現金。
인터넷으로 쇼핑해요.　　　　　用網路購物。
여기에서 버스로 갈아타야 돼요.　要在這裡轉公車。
교실에서는 한국어로 얘기하세요.　在教室裡，請用韓文說話。

寫寫看 27

- 我們用電話說吧。
 전화로 얘기합시다 .
 　電話　用　　　說吧
 전화로 얘기합시다 .

- 請用韓文回答。
 한국어로 대답하세요 .
 　韓文　用　　回答　　請
 한국어로 대답하세요 .

- 請用原子筆寫作業。
 숙제는 볼펜으로 쓰세요 .
 　作業　助詞　原子筆　　用　　寫　請
 숙제는 볼펜으로 쓰세요 .

- 搭捷運要多久？
 지하철로 얼마나 걸려요 ?
 　捷運　　搭　多長時間　　花費
 지하철로 얼마나 걸려요 ?

- 我想用空運寄送。
 항공편으로 보내고 싶어요 .
 　空運　　　用　　　寄　　想要
 항공편으로 보내고 싶어요 .

073

28 往 ▶ N(으)로 MP3 28

往前直走，就會看到公園。
앞으로 쭉 가면 공원이 보여요.
前　　往　　直直地　去　　如果　　公園　　助詞　　　看到

名詞（無終聲）　　＋　　로
名詞（有終聲）　　＋　　으로
　　　　　　　　　　　　　　　　　　往

文法解說

「N(으)로」為表示方向的助詞。如果名詞沒有終聲，後面加「로」(여기 這裡 → 여기로)，有終聲加「으로」(지하철역 捷運站 → 지하철역으로)。請注意，如果該名詞是「ㄹ」結尾，那麼即便它有終聲，也是要加「로」：

　　서울 首爾　　　　→　　서울로 往首爾
　　잠실 蠶室（地名）→　　잠실로 往蠶室
　　교실 教室　　　　→　　교실로 往教室

例句練習

아래층으로 내려가세요.　　　　　請下樓。
이 버스는 어디로 가요?　　　　　這班公車是往哪裡?
어느 방향으로 가야 돼요?　　　　我要往哪個方向走?
서울에서 부산으로 이사했어요.　我從首爾搬到釜山了。
다음 달에 해외로 유학을 가요.　下個月要去國外留學。

> 寫寫看

- 我要往哪裡走？

어디로 가야 돼요?
　哪裡　　往　　去　　　（必須）要

어디로 가야 돼요?

- 我要回家。

집으로 갈 거예요.
　家　　往　　　　要去

집으로 갈 거예요.

- 請往前直走。

앞으로 쭉 가세요.
　前面　　往　　直直地　走　請

앞으로 쭉 가세요.

- 請上三樓。

삼 층으로 올라가세요.
　三　樓　　往　　　上去　　　請

삼 층으로 올라가세요.

- 我搭了往首爾的火車。

서울로 가는 기차를 탔어요.
　首爾　往　去　的　火車　助詞　搭了

서울로 가는 기차를 탔어요.

075

29 ……之前 ▶ V- 기 전에   MP3 29

請在客人抵達之前準備好。
손님이 오기 전에 준비하세요.
客人　助詞　來　　之前　　　準備　　請

動詞　＋　기 전에　之前

文法解說

　　表示前句發生在後句之前。不論動詞有無終聲，把原形的「다」去掉後，加「기 전에」(「가다 去 → 가기 전에」、「먹다 吃 → 먹기 전에」) 即可。此文法可與「부터 從」、「까지 到」結合使用，這時要把「에」省略後應用為「- 기 전부터 從……之前」、「- 기 전까지 到……之前」：

　　한국어를 배우기 전부터 한국 문화에 관심이 많았어요.
　　從學韓文之前，就對韓國文化很有興趣。
　　회의가 끝나기 전까지 대답해 주세요.
　　在會議結束之前，請給我答案。

> **小筆記**
> 接名詞則使用「N 전에」：
> ● 식사 전에 손을 먼저 씻어요.
> ＝ 식사하기 전에 손을 먼저 씻어요.
> 用餐前，請先洗手。
> ● 수업 전에 예습했어요.
> ＝ 수업하기 전에 예습했어요.
> 上課前先預習了。

例句練習

밥 먹기 전에 손부터 씻으세요.	吃飯前，請先洗手。
말하기 전에 생각을 좀 하세요.	說話前，請先想想看。
출근하기 전에 아침부터 먹어요.	上班前先吃早餐。
자기 전에 항상 하는 일이 있어요?	在睡前都做什麼事情？

寫寫看

- 請在飯前服用此藥。

이 약은 식사 전에 드세요.
這　藥　助詞　用餐　前　　請吃

이 약은 식사 전에 드세요.

- 睡前請先洗個澡。

자기 전에 샤워부터 하세요.
睡覺　之前　洗澡　先　請

자기 전에 샤워부터 하세요.

- 決定之前，請再想一下。

결정하기 전에 다시 생각해 보세요.
決定　之前　再次　想想看　請

결정하기 전에 다시 생각해 보세요.

- 我在工作之前，喝咖啡。

일을 시작하기 전에 커피를 마셔요.
工作 助詞　開始　之前　　喝咖啡

일을 시작하기 전에 커피를 마셔요.

- 申請簽證之前，要先去辦護照。

비자 받기 전에 여권을 신청해야 돼요.
簽證　收到　之前　護照　助詞　申請　（必須）要

비자 받기 전에 여권을 신청해야 돼요.

30　……之後 ▶ V-(으)ㄴ 후에　MP3 30

韓文課結束後，我總是複習。
한국어 수업이 끝난 후에 항상 복습해요.
韓文　課程　助詞　結束　之後　　總是　　複習

```
動詞（無終聲）  +  ㄴ 후에
                         之後
動詞（有終聲）  +  은 후에
```

文法解說

　　表示前句行為結束後，發生後句行為。如果動詞沒有終聲，先把原形的「다」去掉後加「ㄴ 후에」（가다 去 → **간 후에**），有終聲時則加「은 후에」（먹다 吃 → 먹**은 후에**）。請注意，此文法有不規則變化：

ㄹ不規則　*「ㄹ」脫落後加「ㄴ 후에」

- 만들다 製作 → **만든 후에**
- 놀다 玩 → **논 후에**

ㄷ不規則　*「ㄷ」改成「ㄹ」後加「은 후에」（「닫다 關」等部分單字為規則變化）

- 듣다 聽 → **들은 후에**
- 걷다 走路 → **걸은 후에**

ㅂ不規則　*「ㅂ」脫落後加「우」，再加「ㄴ 후에」

- 눕다 躺 → **누운 후에**
- 굽다 烤 → **구운 후에**

小筆記

接名詞則使用「N 후에」：
- 식사 **후에** 디저트를 먹었어요. 用完餐後吃了甜點。
= 식사한 후에 디저트를 먹었어요.
- 10 분 **후에** 전화드리겠습니다. 十分鐘後打給您。

例句練習

졸업한 후에 유학 가고 싶어요. 　　畢業後想要留學。
침대에 누운 후에 휴대폰을 봤어요. 　　躺在床上後，看了手機。
선생님의 발음을 들은 후에 따라 말했어요.
　　　　　　　　　　　　　聽了老師的發音後，跟著唸了。
점심을 먹은 후에 디저트를 먹으러 갈 거예요.
　　　　　　　　　　　　　吃完午餐後，要去吃甜點。

寫寫看

- 一年後就畢業了。

일 년 후에 졸업이에요.
　一年　　之後　　畢業　　　是

일 년 후에 졸업이에요.

- 吃完飯後刷牙。

밥을 먹은 후에 이를 닦아요.
　　吃飯　　　之後　　　　刷牙

밥을 먹은 후에 이를 닦아요.

- 請寫完作業後再看電視。

숙제한 후에 텔레비전을 보세요.
　寫作業　　之後　　　電視　　助詞　看　請

숙제한 후에 텔레비전을 보세요.

079

31 從……到…… ▶ N 부터 N 까지　MP3 31

從今天到後天是中秋連假。
오늘부터 모레까지 추석 연휴예요.
今天　從　後天　到　　中秋　連假　是

名詞 + 부터 + 名詞 + 까지　從……到……

文法解說

表達範圍的「N 부터 N 까지」接與時間相關的名詞或部分副詞（「늦게 晚」、「일찍 早」），表示時間的開始與結束。「N 부터」、「N 까지」可單獨使用：

휴가가 언제까지예요?　休假是到什麼時候？
오늘부터 일찍 잘 거예요.　從今天起，我要早睡。
한국어를 배우기 전부터 한국을 좋아했어요.
　　　　　　　　　　在學韓文之前，就喜歡韓國了。

小筆記
表達場所範圍的「N에서 N까지」，請參考下一單元。

例句練習

회의가 몇 시부터예요?　會議是從幾點開始？
어제 늦게까지 일했어요.　昨天工作到很晚。
1 월부터 2 월까지 겨울 방학이에요.　從一月到二月是寒假。
아침부터 저녁까지 도서관에 있었어요.　從早上到晚上待在讀書館了。
수업은 오전 9 시부터 점심 12 시까지예요.
上課是從上午九點到中午十二點。

寫寫看

- 工作要忙到年底。

연말까지 일이 바빠요.
年底　到　工作　助詞　忙碌

연말까지 일이 바빠요.

- 從什麼時候開始學韓文的？

언제부터 한국어를 배웠어요?
何時　從　　韓文　助詞　學習（過去式）

언제부터 한국어를 배웠어요?

- 最近要加班到很晚。

요즘 늦게까지 야근해야 돼요.
最近　　晚　　到　　加班　　（必須）要

요즘 늦게까지 야근해야 돼요.

- 從今年起，我要認真讀書。

올해부터 열심히 공부할 거예요.
今年　從　　認真地　　讀書（要）

올해부터 열심히 공부할 거예요.

- 從星期一到星期五要上班。

월요일부터 금요일까지 출근합니다.
星期一　從　　星期五　到　　上班

월요일부터 금요일까지 출근합니다.

081

32　從……到……　▶ N 에서 N 까지　　MP3 32

這裡離捷運站遠嗎？
여기에서 지하철역까지 멀어요 ?
　這裡　　　從　　　　捷運站　　　　到　　　　遠

名詞 + 에서 + 名詞 + 까지　　從……到……

文法解說

表達範圍的「N 에서 N 까지」接與場所相關的名詞，表示場所的起點與終點。如果想表達時間的範圍，請參考上一單元。另外，「N 에서」、「N 까지」可單獨使用：

집까지 걸어서 가요 .	我走回家。
어느 나라에서 왔어요 ?	你來自於哪個國家？
여기에서 어떻게 가야 돼요 ?	在這裡該如何走？

例句練習

어디까지 왔어요 ?	你到哪兒了？
여기까지 지하철로 왔어요 .	我是搭捷運到這裡的。
우리 집에서 회사까지 멀지 않아요 .	我家離公司不遠。
대만에서 한국까지 비행기로 2 시간쯤 걸려요 .	

從台灣到韓國搭飛機要兩小時左右。

練習題 請使用「N 부터 N 까지」或「N 에서 N 까지」完成句子

例) 여기 (에서) 버스 정류장 (까지) 얼마나 걸려요 ?
從這裡到公車站要多久？

1. 오늘 (　　) 다음 달 (　　) 방학이에요 .
從今天到下個月都放假。

2. 서울 (　　) 부산 (　　) 뭐 타고 가요 ?
從首爾到釜山要搭什麼？

3. 학교 (　　) 집 (　　) 가까워서 자전거 타고 가요 .
學校離家近，所以騎腳踏車去。

4. 몇 시 (　　) 잤어요 ?
你睡到幾點？

5. 오전 (　　) 중요한 회의가 있어요 .
從上午開始有重要的會議。

6. 언제 (　　) 기다려야 돼요 ?
我要等到什麼時候？

答案：1. 부터, 까지 2. 에서, 까지 3. 에서, 까지 4. 까지 5. 부터 6. 까지

寫寫看

- 我來自於首爾。

저는 서울에서 왔어요.
我 助詞 首爾 在 來了

저는 서울에서 왔어요.

- 我要怎麼到公車站？

버스 정류장까지 어떻게 가요?
公車站 到 如何 去

버스 정류장까지 어떻게 가요?

- 從一號出口需花五分鐘左右。

일 번 출구에서 오 분쯤 걸려요.
一號 出口 在 五 分 左右 花費

일 번 출구에서 오 분쯤 걸려요.

- 從這裡到高雄要花多久？

여기에서 가오슝까지 얼마나 걸려요?
這裡 從 高雄 到 多長時間 花費

여기에서 가오슝까지 얼마나 걸려요?

- 從我家到捷運站很快。

집에서 지하철역까지 금방이에요.
家 從 捷運站 到 馬上 是

집에서 지하철역까지 금방이에요.

084

33 只(有) ▶ N 만

我只有一個姊姊。

언니만 한 명 있어요.
姊姊　只　一　名　有

| 名詞 | + | 만 | 只(有) |

文法解說

「N 만」是接於名詞後的助詞，不論名詞有無終聲都加「만」。此助詞可與其他助詞結合使用（「N 에만」、「N 에서만」、「N (으)로만」）：

장마철**에만** 습해요.　　　　　　只有梅雨季會潮濕。
그 섬은 배**로만** 갈 수 있어요.　　那座島只能搭船去。
이것은 한국**에서만** 파는 특산품이에요.　這是只有在韓國賣的特產品。

例句練習

저**만** 숙제를 안 했어요.　　　　只有我沒有寫作業。
아침에 주스**만** 마셨어요.　　　　早上只喝了果汁。
출퇴근 시간**에만** 길이 막혀요.　　只有上下班時間會塞車。
우리 반에는 여학생**만** 있어요.　　我們班上只有女同學。

小筆記

「N 만」與「N 밖에」一樣翻成「只(有)」，但兩者的用法有差異，請參考下一單元。

寫寫看

- 只有在上課時間讀書。

수업 시간에만 공부해요.
上課　時間　助詞 只　　讀書

수업 시간에만 공부해요.

- 教室裡只有我一人。

교실에 저 혼자만 있어요.
教室 助詞 我　獨自 只　　有

교실에 저 혼자만 있어요.

- 只有週末有空。

주말에만 시간이 있어요.
週末 助詞 只　時間 助詞　有

주말에만 시간이 있어요.

- 水果當中，只喜歡葡萄。

과일은 포도만 좋아해요.
水果 助詞 葡萄 只　　喜歡

과일은 포도만 좋아해요.

- 因為在減肥，只喝了水。

다이어트 중이라서 물만 마셨어요.
　　減肥　　中　因為　水 只　 喝了

다이어트 중이라서 물만 마셨어요.

34 只(有)、除了……之外 ▶ N 밖에　　MP3 34

我只知道他的名字。
그 사람의 이름밖에 몰라요.
那　　人　　的　　名字　除了…之外　　不知道

| 名詞 | + | 밖에 | 只(有)、除了……之外 |

文法解說

「N 밖에」是接於名詞後的助詞，表示「除此之外沒有其他可能性」，是強調「只有……而已」時使用。不論名詞有無終聲都加「밖에」，而且後面只能接否定（「안 不」、「못 不能」、「모르다 不知道」、「없다 沒有 / 不在」）。雖然「N 밖에」與「N 만」中文都翻成「只(有)」，但用法卻不同：

「N 밖에」後面只接否定

언니밖에 없어요.　　　　　　　我只有姊姊。
지갑에 현금밖에 없어요.　　　　錢包裡只有現金。
전화번호밖에 몰라요.　　　　　我只知道電話號碼。
하루 종일 물밖에 안 마셨어요.　一整天下來，只喝了水。

「N 만」後面可接肯定、亦可接否定，且會隨著肯定或否定有不同解釋

肯定句

- 언니만 있어요.　　　　　　　我只有姊姊。
= 언니밖에 없어요.

- 전화번호만 알아요.　　　　　我只知道電話號碼。
= 전화번호밖에 몰라요.

087

- 하루 종일 물만 마셨어요.　　　　一整天下來，只喝了水。
= 하루 종일 물밖에 안 마셨어요.

否定句

저만 그 사실을 몰랐어요.　　　　只有我不知道那件事情。
반장만 모임에 참석 안 했어요.　　只有班長沒有參加聚會。
오늘만 약속이 없어요.　　　　　　只有今天沒有約會。

例句練習

저는 한국어밖에 못해요.　　　　　我只會講韓文。
냉장고에 맥주밖에 없어요.　　　　冰箱裡只有啤酒。
교실에 저밖에 없어요.　　　　　　教室裡只有我。
어젯밤에 조금밖에 못 잤어요.　　　昨晚只睡了一點。

練習題　請使用「N 만」或「N 밖에」完成句子

例) 냉장고에 물 (밖에) 없어요.　　　　冰箱裡只有水。

1. 친구와 올해 한 번 (　　) 못 만났어요. 今年和朋友只見了一次面。

2. 저는 오빠 (　　) 두 명 있어요.　　　我只有兩個哥哥。

3. 그 사람의 직업 (　　) 몰라요.　　　我只知道他的職業。

4. 아침에 우유 (　　) 안 마셨어요.　　早上只喝了牛奶。

5. 지갑에 천 원 (　　) 없어요.　　　　錢包裡只有一千元。

6. 오전에 (　　) 아르바이트해요.　　　我只在上午打工。

7. 저는 콜라 (　　) 마셔요.　　　　　我只喝可樂。

> 寫寫看

- 韓文只會一點點而已。

한국어를 조금밖에 못해요.
  韓文   助詞   一點 除了…之外   不會

한국어를 조금밖에 못해요.

- 我只知道他的名字。

그 사람의 이름밖에 몰라요.
  那   人   的   名字 除了…之外   不知道

그 사람의 이름밖에 몰라요.

- 餐廳裡的客人只有我們。

식당에 손님이 저희밖에 없어요.
  餐廳 助詞 客人 助詞 我們 除了…之外   沒有

식당에 손님이 저희밖에 없어요.

- 一個禮拜只有一次課。

수업은 일주일에 한 번밖에 없어요.
  課程 助詞   一週 助詞   一次 除了…之外   沒有

수업은 일주일에 한 번밖에 없어요.

- 出發時間只剩五分鐘而已。

출발 시간이 오 분밖에 안 남았어요.
  出發   時間 助詞   五分 除了…之外 沒有   剩下

출발 시간이 오 분밖에 안 남았어요.

089

35 或者 ▶ V/A- 거나, N(이)나　MP3 35

早上吃水果或喝咖啡。
아침에 과일을 먹거나 커피를 마셔요.
早上　助詞　　吃水果　　或者　　　喝咖啡

| 動詞、形容詞 | + | 거나 | 或者 |

| 名詞（無終聲） | + | 나 | 或者 |
| 名詞（有終聲） | + | 이나 | |

文法解說

表示列舉兩個以上的事物、動作，或在多個選項中選擇一個。如果是搭配動詞或形容詞，不論有無終聲，把原形的「다」去掉後加「거나」。接沒有終聲的名詞時加「나」（버스 公車 → 버스나），接有終聲的名詞加「이나」（지하철 捷運 → 지하철이나）即可。

例句練習

버스를 타거나 지하철을 타세요. 　請搭公車或捷運。
따뜻한 물이나 따뜻한 차 주세요. 　請給我溫水或熱茶。
피곤할 때 자거나 커피를 마셔요. 　疲倦時睡覺或喝咖啡。
도서관에서 빌리거나 서점에서 구매하세요.
請在圖書館借或在書局購買。
주말에는 친구를 만나거나 쉬거나 집안일을 해요.
週末時，見朋友或休息或做家事。

寫寫看

- 有紅茶或綠茶嗎？

홍차나 녹차 있어요 ?
紅茶　或　綠茶　　有

홍차나 녹차 있어요 ?

- 請打電話或傳簡訊給我。

전화나 문자 주세요 .
電話　或　簡訊　請給我

전화나 문자 주세요 .

- 週末時游泳或打籃球。

주말에 수영하거나 농구를 해요 .
週末 助詞　游泳　　或者　　打籃球

주말에 수영하거나 농구를 해요 .

- 我要送花束或蛋糕。

꽃다발이나 케이크를 선물할 거예요 .
花束　　　或　蛋糕　助詞　要送禮（未來式）

꽃다발이나 케이크를 선물할 거예요 .

- 曾經和朋友常去咖啡廳或KTV。

친구와 카페나 노래방에 자주 갔어요 .
朋友　和　咖啡廳　或　KTV　助詞　常常　去了

친구와 카페나 노래방에 자주 갔어요 .

36 表示對象（向……）▶ N 에게 , N 한테 , N 께

MP3 36

我寫信給朋友了。

친구에게 편지를 써서 줬어요.
朋友　　　向　　　　寫信　　　後　　　給了

| 名詞 | + | 에게 | 向、對 |

| 名詞 | + | 한테 | 向、對（口語） |

| 名詞 | + | 께 | 向、對（敬語） |

文法解說

「N 에게」為表示對象的助詞，前面的名詞是動作的接受者，不管名詞有無終聲，都加「에게」，中文翻成「向、對……」，「N 한테」則是較口語的用法。如果對象為長輩或社會地位高的人，需要使用敬語「께」：

친구에게 편지를 써서 줬어요.　　　我寫信給朋友了。
아버지께 편지를 써서 드렸어요.　　我寫信給父親了。

例句練習

아무에게도 말하지 마세요.　　　　請不要對任何人說。
반 친구들한테 소식을 알렸어요.　　我告訴班上同學這消息了。
어버이날에 부모님께 카네이션을 드렸어요.
在父母親節，送了康乃馨給父母親。
외국인에게 무슨 음식을 추천해 주고 싶어요?
你想推薦什麼食物給外國人？

> **小筆記**
> 表達動作的出處,則使用「N에게서 從」或口語的用法「N한테서」。不論名詞有無終聲,都加「에게서」或「한테서」:
> 그에게서 들은 소식이에요. 　　我是從他那裡聽到的消息。
> 친구한테서 선물을 받았어요. 　　從朋友那裡收到了禮物。

寫寫看

- 問任何人都可以。

아무에게나 물어봐도 돼요.
　向任何人　　　詢問　　　可以

아무에게나 물어봐도 돼요.

- 我要送禮物給朋友。

친구에게 선물을 줄 거예요.
　朋友　向　　　　要送禮物(未來式)

친구에게 선물을 줄 거예요.

- 我寫信給老師了。

선생님께 이메일을 보냈어요.
　老師　向　　電子郵件 助詞　　寄了

선생님께 이메일을 보냈어요.

- 你的韓文是跟誰學的?

누구한테서 한국어를 배웠어요?
　誰　　從　　　韓文　助詞　學習(過去式)

누구한테서 한국어를 배웠어요?

093

37 要不要(一起)……? ▶ V-(으)ㄹ까요?

吃完飯後,要不要走走路?
밥 먹고 좀 걸을까요?
飯　吃　後　稍微　走路　　要不要

動詞（無終聲）＋ ㄹ까요?
動詞（有終聲）＋ 을까요?　　　要不要(一起)……?

文法解說

「-(으)ㄹ까요?」為詢問對方是否有意願一起做某件事情時使用,中文翻成「我們要一起……嗎?」這種文法稱為「共動句(表示共同做某件事情)」。動詞沒有終聲時,把原形的「다」去掉後加「ㄹ까요?」(보다 看 → **볼**까요?),有終聲時加「을까요?」(먹다 吃 → 먹**을까요?**)即可。請注意,此文法有不規則變化:

ㄹ不規則 *直接加「까요?」

- 만들다 製作 → **만들까요?**　　• 놀다 玩 → **놀까요?**

ㄷ不規則 *「ㄷ」改成「ㄹ」後加「을까요?」(「닫다 關」等部分單字為規則變化)

- 듣다 聽 → **들을까요?**　　• 걷다 走路 → **걸을까요?**

ㅂ不規則 *「ㅂ」脫落後加「우」,再加「ㄹ까요?」(「입다 穿」等部分單字為規則變化)

- 눕다 躺 → **누울까요?**　　• 굽다 烤 → **구울까요?**

> 例句練習

같이 한국어 배울까요 ? 　　　要不要一起學韓文？
점심에 한식 먹을까요 ? 　　　中午要不要一起吃韓式料理？
주말에 자전거 타러 갈까요 ? 　　週末要不要去騎腳踏車？
방학하고 놀이공원에 갈까요 ? 　放假後要不要去遊樂園？

> 小筆記

此文法亦可使用於詢問對方想法、意見時使用，中文翻成「你覺得……嗎？」這時，可連接形容詞：

지금 차가 막힐까요 ? 　　　你覺得現在會塞車嗎？
내일 날씨가 추울까요 ? 　　你覺得明天會冷嗎？

Note

寫寫看

- 我們要不要看這部電影？

이 영화 볼까요? 이 영화 볼까요?
　這　　電影　　要看嗎？

- 我們週末要不要見面？

우리 주말에 만날까요?
　我們　　週末　助詞　要見面嗎？

우리 주말에 만날까요?

- 無聊的話要不要聽個音樂？

심심하면 노래 들을까요?
　無聊　如果　音樂　　要聽嗎？

심심하면 노래 들을까요?

- 天氣不錯，要不要一起去散步？

날씨가 좋은데 산책 갈까요?
　天氣好　　　語尾　　要去散步？

날씨가 좋은데 산책 갈까요?

- 明天要不要去圖書館寫作業？

내일 도서관에 가서 숙제할까요?
　明天　圖書館　助詞　去　之後　要寫作業嗎？

내일 도서관에 가서 숙제할까요?

38 你要……嗎？ ▶ V-(으)ㄹ래요？

作業有點難，你要幫我嗎？
숙제가 어려운데 좀 도와줄래요？
作業　助詞　　　難　　　拜託　　　要幫忙嗎？

動詞（無終聲）＋ㄹ래요？
動詞（有終聲）＋을래요？
要……嗎？

文法解說

「-(으)ㄹ래요？」為詢問對方「要不要做某件事情」時使用，中文翻成「你要……嗎？」動詞沒有終聲時，把原形的「다」去掉後加「ㄹ래요？」(보다 看 → **볼래요？**)，有終聲時加「을래요？」(먹다 吃 → 먹**을래요？**) 即可。請注意，此文法有不規則變化：

ㄹ不規則 ＊直接加「래요？」

- 만들다 製作 → **만들래요？**
- 놀다 玩 → **놀래요？**

ㄷ不規則 ＊「ㄷ」改成「ㄹ」後加「을래요？」(「닫다 關」等部分單字為規則變化)

- 듣다 聽 → **들을래요？**
- 걷다 走路 → **걸을래요？**

ㅂ不規則 ＊「ㅂ」脫落後加「우」，再加「ㄹ래요？」(「입다 穿」等部分單字為規則變化)

- 눕다 躺 → **누울래요？**
- 굽다 烤 → **구울래요？**

例句練習

저하고 얘기 좀 **할래요**? 　　你要和我說說話嗎?
아메리카노 한 잔 **마실래요**? 　　你要喝一杯美式咖啡嗎?
배고프면 간식 좀 **드실래요**? 　　餓的話要吃點零食嗎?
곧 시험인데 같이 준비**할래요**? 　　快考試了,你要和我一起準備嗎?

小筆記

「-(으)ㄹ까요?」與「-(으)ㄹ래요?」的差別在於,「-(으)ㄹ까요?」是詢問對方要不要「與我」一起做某件事情,因此動作的人是「我們」;但「-(으)ㄹ래요?」不一定是一起去做,有可能是單純詢問對方要不要做某件事情:

- 따뜻한 코코아 마실까요? 　　我們要不要一起喝熱可可?
= 같이 따뜻한 코코아 마실래요? 　　我們要一起喝熱可可嗎?
- 따뜻한 코코아 마실래요? 　　你要喝熱可可嗎?

練習題　請使用「-(으)ㄹ까요?」或「-(으)ㄹ래요?」完成表格

	-(으)ㄹ까요?	-(으)ㄹ래요?
例) 먹다 吃	먹을까요?	먹을래요?
01. 앉다 坐下		
02. 사다 買		
03. 읽다 閱讀		
04. 줍다 撿		
05. 놀다 玩		
06. 마시다 喝		

解答: 1. 앉을까요? – 앉을래요? 2. 살까요? – 살래요? 3. 읽을까요? – 읽을래요? 4. 주울까요? – 주울래요? 5. 놀까요? – 놀래요? 6. 마실까요? – 마실래요?

> 寫寫看

- 下班後要見面嗎?

퇴근 후에 만날래요?
下班　後　助詞　　要見面嗎?

퇴근 후에 만날래요?

- 你要嚐嚐這個嗎?

이거 맛 좀 볼래요?
這個　味道　稍微　要嚐嚐嗎?

이거 맛 좀 볼래요?

- 週末要去爬山嗎?

주말에 등산 갈래요?
週末　助詞　爬山　要去嗎?

주말에 등산 갈래요?

- 過年時,要一起做年糕湯嗎?

설날에 같이 떡국 만들래요?
過年　助詞　一起　年糕湯　要做做看嗎?

설날에 같이 떡국 만들래요?

- 你要教我韓文嗎?

저에게 한국어를 가르쳐 줄래요?
我　向　韓文　助詞　　要教教看嗎?

저에게 한국어를 가르쳐 줄래요?

099

39 想要 ▶ V-고 싶다, V-고 싶어 하다

MP3 39

這週末想做什麼？
이번 주말에 뭐 하고 싶어요?
這次　　週末　助詞 什麼 做　　　想要

| 動詞 | + | 고 싶다 | 想要（第一、二人稱） |
| 動詞 | + | 고 싶어 하다 | 想要（第三人稱） |

文法解說

表示願望的文法「-고 싶다」使用於第一人稱及第二人稱，把動詞原形的「다」去掉後加「고 싶다」即可。如果是陳述過去的願望，把「싶다」改為過去式「-고 싶었어요 曾經想要……」；對於未來願望的猜測，則使用「-고 싶을 거예요 我會想……的」：

보고 싶어요.	我想你。
보고 싶었어요.	我想你了。（在過去的時間）
보고 싶을 거예요.	我會想你的。（在未來）

請注意，第三人稱（他／她）的願望需使用「-고 싶어 하다」：

- 친구가 영화를 보고 싶어 해서 같이 보러 갔어요.
  因為朋友想看電影，所以陪她一起去看了。
- 저는 한국에 여행 가고 싶은데 동생은 일본으로 가고 싶어 해요.
  我想去韓國旅遊，但妹妹想去日本旅遊。

> **例句練習**

퇴근하고 뭐 먹고 싶어요 ? 　　下班後想吃什麼？
주말에 뭐 하고 싶어요 ? 　　週末想做什麼事情？
오늘은 공부하고 싶지 않아요 . 　　今天不想讀書。
이 노래는 이제 듣고 싶지 않아요 . 　　我不想再聽這首歌了。
쉬고 싶지만 일이 많아서 못 쉬어요 .
我想休息，但因為工作多無法休息。

> **小筆記**

「싶다 想要」為形容詞，但是表達第三人稱的願望的「싶어 하다 想要」為動詞，所以在應用上需注意：

제가 먹고 싶은 음식은 비빔밥이에요 .　　我想吃的食物是拌飯。
친구가 먹고 싶어 하는 음식은 삼계탕이에요 .　　朋友想吃的食物是人蔘雞湯。

第一句「- 고 싶다」的冠形詞需套用形容詞的變化；第二句「- 고 싶어 하다」的冠形詞需套用動詞的變化（冠形詞用法請參考單元 49-52）。

> **練習題**　請選擇正確的答案

例) 저는 (　　❶　　). 　　我不想出門。

　❶ 외출하고 싶지 않아요　❷ 외출하고 싶어 하지 않아요

1. 어느 나라로 여행을 (　　　　)? 　你想去哪個國家旅遊？

　❶ 가고 싶어요　　❷ 가고 싶어 해요

2. 오늘은 일찍 (　　　　). 　　我今天想早點休息。

　❶ 쉬고 싶어요　　❷ 쉬고 싶어 해요

3. 반 친구들은 한식을 (　　　　). 　班上同學們想吃韓式料理。

　❶ 먹고 싶어요　　❷ 먹고 싶어 해요

寫寫看

- 今天特別想你。

오늘따라 보고 싶네요.
今天　　特別　　　　想念

오늘따라 보고 싶네요.

- 假日想做什麼？

휴일에 뭐 하고 싶어요?
假日　助詞　什麼　做　　　想要

휴일에 뭐 하고 싶어요?

- 我不想喝酒。

술은 마시고 싶지 않아요.
酒　助詞　　喝　　　不想要

술은 마시고 싶지 않아요.

- 我想再去韓國玩。

한국에 또 놀러 가고 싶어요.
韓國　助詞　再次　　玩　　去　　想要

한국에 또 놀러 가고 싶어요.

- 我想和家人住一起。

가족들과 함께 살고 싶어요.
家人　　　和　　一起　　住　　想要

가족들과 함께 살고 싶어요.

40 試著…… ▶ V- 아 / 어 보다　MP3 40

你有喝過馬格利嗎？
막걸리를 마셔 봤어요?
　馬格利　　助詞　　　　喝過

動詞	+	아 보다	試著……
動詞	+	어 보다	

文法解說

「- 아 / 어 보다」為表達經驗的文法，表示嘗試做某件事情，中文可翻成「試著」，使用時先把動詞改成現在式後，再加「보다」即可。此文法可應用為「**- 아 / 어 봤어요** 有……過 (的經驗)」、「**- 아 / 어 보세요** 請你試著做 (某事)」、「**- 아 / 어 볼게요** 我會試著做 (某事) 的」、「**- 아 / 어 보고 싶어요** 我想試著做 (某事)」……等，也可以使用否定「**안 (못) - 아 / 어 봤어요** 沒有……過」。

例句練習

이거 좀 먹어 보세요.　　　　　　你來嚐嚐這個。
한복을 입어 보고 싶어요.　　　　我想穿穿看韓服。
생각해 보고 말해 줄게요.　　　　我想想看再跟你說。
한국 전통주는 못 마셔 봤어요.　 我沒有喝過韓國的傳統酒。
한국 친구와 한국어로 대화해 봤어요?
你有用韓文和韓國朋友對話過嗎？

練習題 請寫出正確的答案

例) 테니스를 _____쳐 봤어요_____ ?　　　你有打過網球嗎？
　　　　　　　　(치다)

1. 설렁탕을 _____ ?　　　你有吃過雪濃湯嗎？
　　　　　　　　(먹다)

2. 저는 제주도에 못 _____ .　　　我沒去過濟州島。
　　　　　　　　(가다)

3. 소주를 _____ .　　　我想喝喝看燒酒。
　　　　　　　　(마시다)

4. 이 노래 좀 _____ .　　　請聽聽看這首歌。
　　　　　　　　(듣다)

5. 무슨 언어를 _____ ?　　　你想學什麼語言？
　　　　　　　　(배우다)

解答：1. 먹어 봤어요　2. 가 봤어요　3. 마셔 보고 싶어요　4. 들어 보세요　5. 배워 보고 싶어요

寫寫看

- 我想去韓國看看。

한국에 가 보고 싶어요.
韓國　助詞　去看看　　想要

한국에 가 보고 싶어요.

- 你有聯絡過他嗎？

그에게 연락해 봤어요?
他　　向　　　　聯絡過

그에게 연락해 봤어요?

- 我沒聽過這首歌。

이 노래는 못 들어 봤어요.
這　歌曲　助詞　沒有　　　聽過

이 노래는 못 들어 봤어요.

- 我在台灣有吃過臭豆腐。

대만에서 취두부를 먹어 봤어요.
台灣　　在　　臭豆腐　助詞　　吃過

대만에서 취두부를 먹어 봤어요.

- 要一起去偶像團體的演唱會看看嗎？

아이돌 그룹 콘서트에 가 볼래요?
偶像　　團體　演唱會　助詞　要去看看嗎

아이돌 그룹 콘서트에 가 볼래요?

105

41 打算 ▶ V-(으)려고 하다　　MP3 41

我打算和朋友去看電影。
친구와 영화를 보려고 해요.
　朋友　　和　　　　看電影　　　　打算

動詞（無終聲）＋ 려고 하다
動詞（有終聲）＋ 으려고 하다　　　打算

文法解說

　　表示有意志進行某事，中文翻成「打算」。如果動詞沒有終聲，先把原形的「다」去掉後加「려고 하다」(하다 做 → 하려고 하다)，動詞有終聲時加「으려고 하다」(먹다 吃 → 먹으려고 하다) 即可。請注意，此文法有不規則變化：

ㄹ不規則 ＊加「려고 하다」

・만들다 製作 → 만들려고 하다　・놀다 玩 → 놀려고 하다

ㄷ不規則 ＊「ㄷ」改成「ㄹ」後加「으려고 하다」(「닫다」關」等部分單字為規則變化)

・듣다 聽 → 들으려고 하다　・걷다 走路 → 걸으려고 하다

ㅂ不規則 ＊「ㅂ」脫落後加「우」，再加「려고」(「입다 穿」等部分單字為規則變化)

・눕다 躺 → 누우려고 하다　・굽다 烤 → 구우려고 하다

小筆記

「-(으)려고」可單獨使用，這時中文翻成「為了」，表示做某件事情的目的：
소포를 보내려고 우체국에 갔어요.　　為了寄包裹，去了郵局。
저녁을 만들려고 시장에서 장을 봤어요.　為了煮晚餐，上市場買東西了。

例句練習

오늘 몇 시에 자려고 해요 ? 　　今天打算幾點睡？

올해에는 담배를 끊으려고 해요 . 　我今年打算戒菸。

밥 먹고 공원에서 걸으려고 해요 . 吃完飯後，打算在公園走走路。

여행 가려고 했는데 태풍 때문에 못 갔어요 .
原本打算去旅遊，但因為颱風沒有去成。

내일은 일찍 일어나서 집안일을 하려고 해요 .
明天打算早起後做家事。

練習題　請寫出正確的答案

例) 집에 가서 야식을 ___먹으려고 해요___ .

　　打算回家吃宵夜。　　　　(먹다)

1. 머리가 아파서 병원에 _____ .

　　因為頭痛，打算去看醫生。　　(가다)

2. 졸업하고 무슨 일을 _____ ?

　　畢業後打算找什麼工作？　　(찾다)

3. 앞으로 한국어를 더 열심히 _____ .

　　從今以後，打算更認真地學韓文。　(배우다)

4. 친구 생일에 케이크를 _____ .

　　在朋友生日那天，打算送蛋糕給她。　(주다)

5. 휴가 때 뭐 _____ ?

　　休假時，打算做什麼？　(하다)

解答：1. 가려고 해요　2. 찾으려고 해요　3. 배우려고 해요　4. 주려고 해요　5. 하려고 해요

寫寫看

- 你打算幾點出發？

몇 시에 출발하려고 해요?
<u>幾</u> <u>點</u> <u>助詞</u> <u>出發</u> <u>打算</u>

몇 시에 출발하려고 해요?

- 我打算搭公車回家。

버스를 타고 집에 가려고 해요.
<u>公車</u> <u>助詞</u> <u>搭</u> <u>之後</u> <u>回家</u> <u>打算</u>

버스를 타고 집에 가려고 해요.

- 我的朋友想要當歌手。

제 친구는 가수가 되려고 해요.
<u>我的</u> <u>朋友</u> <u>助詞</u> <u>歌手</u> <u>助詞</u> <u>成為</u> <u>打算</u>

제 친구는 가수가 되려고 해요.

- 打算在圖書館看書。

도서관에서 책을 읽으려고 해요.
<u>圖書館</u> <u>在</u> <u>書</u> <u>助詞</u> <u>閱讀</u> <u>打算</u>

도서관에서 책을 읽으려고 해요.

- 今天因為疲勞，打算早睡。

오늘은 피곤해서 일찍 자려고 해요.
<u>今天</u> <u>助詞</u> <u>疲勞</u> <u>因為</u> <u>早</u> <u>睡</u> <u>打算</u>

오늘은 피곤해서 일찍 자려고 해요.

42　去 / 來（做某事）▶ V-(으)러 가다 / 오다　MP3 42

來我家吃飯吧。

우리 집에 밥 먹으러 오세요.
　我們　　家 助詞 飯　吃　　　　來　請

> 動詞（無終聲）+ 러 가다 / 오다
> 動詞（有終聲）+ 으러 가다 / 오다　　去 / 來 (做某事)

文法解說

「-(으)러」表示移動的目的，因此，後面要接「가다 去 / 오다 來」等移動相關的動詞。如果動詞沒有終聲，把原形的「다」去掉後加「러 가다 / 오다」（사다 買 → **사러 가다 / 오다**），有終聲時加「으러 가다 / 오다」（읽다 閱讀 → **읽으러 가다 / 오다**）。請注意，此文法有不規則變化：

ㄹ不規則　*加「러 가다/오다」

- 만들다 製作 → **만들러 가다 / 오다**
- 놀다 玩 → **놀러 가다 / 오다**

ㄷ不規則　*「ㄷ」改成「ㄹ」後加「으러 가다/오다」（「닫다 關」等部分單字為規則變化）

- 듣다 聽 → **들으러 가다 / 오다**
- 걷다 走路 → **걸으러 가다 / 오다**

ㅂ不規則　*「ㅂ」脫落後加「우」，再加「러 가다/오다」（「입다 穿」等部分單字為規則變化）

- 눕다 躺 → **누우러 가다 / 오다**
- 줍다 撿 → **주우러 가다 / 오다**

109

例句練習

여기에 뭐 하러 왔어요? 　　　　　你來這裡做什麼?
퇴근 후에 한잔 하러 갈래요? 　　下班後要去喝一杯嗎?
학원에 한국어를 배우러 가요. 　　我去補習班學韓文。
이번 여름에 바닷가에 놀러 갈 거예요. 　這次夏天要去海邊玩。
친구가 콘서트를 보러 가고 싶어 해요. 　朋友想要去看演唱會。

小筆記

「-(으)려고」與「-(으)러」皆為表達目的，其差別為「-(으)려고」後行句可接任何動詞，但是不能接命令句、共動句以及未來式；而「-(으)러」後行句只能接移動相關的動詞，但是可以接命令句、共動句以及未來式。

寫寫看

- 我會再來玩的。

또 놀러 올게요.
　再次　玩　　來　我會的

또 놀러 올게요.

- 要不要一起去吃飯?

같이 밥 먹으러 갈래요?
　一起　飯　吃　　要不要去

같이 밥 먹으러 갈래요?

- 要來我家玩嗎？

우리 집에 놀러 올래요?
我們　家　助詞　玩　　要不要來

우리 집에 놀러 올래요?

- 我去百貨公司逛街了。

백화점에 쇼핑하러 갔어요.
百貨公司　助詞　逛街　　去了

백화점에 쇼핑하러 갔어요.

- 我想去公園散步。

공원에 산책하러 가고 싶어요.
公園　助詞　散步　　去　想要

공원에 산책하러 가고 싶어요.

- 晚點要去打工。

이따 아르바이트하러 가야 돼요.
晚點　　打工　　　去　（必須）要

이따 아르바이트하러 가야 돼요.

43　我會⋯⋯的 ▶ V-(으)ㄹ게요　· MP3 43

我下次會再連絡你的。
나중에 또 연락할게요.
之後　　再次　　　我會聯絡的

> 動詞（無終聲）　　＋　ㄹ게요
> 動詞（有終聲）　　＋　을게요
> 　　　　　　　　　　　　　　　我會⋯⋯的

文法解說

　　用以表示說話者的意願，主詞是第一人稱的「我」或「我們」，中文翻成「我會⋯⋯的」、「我要⋯⋯」、「我來⋯⋯」。如果動詞沒有終聲，把原形的「다」去掉後加「ㄹ게요」（가다 去 → **갈게요** 我會去的），有終聲時加「을게요」（먹다 吃 → **먹을게요** 我會吃的）。此文法有不規則變化：

ㄹ不規則　＊直接加「게요」

- 만들다 製作 → **만들게요**　　· 놀다 玩 → **놀게요**

ㄷ不規則　＊「ㄷ」改成「ㄹ」後加「을게요」（「닫다 關」等部分單字為規則變化）

- 듣다 聽 → **들을게요**　　· 걷다 走路 → **걸을게요**

ㅂ不規則　＊「ㅂ」脫落後加「우」，再加「ㄹ게요」（「입다 穿」等部分單字為規則變化）

- 눕다 躺 → **누울게요**　　· 굽다 烤 → **구울게요**

> **小筆記**
> 此文法也有與對方「約定」的意思在，請看以下例句：
> A: 담배 좀 끊으세요.　　請你戒菸吧。
> B: 네, 그럴게요.　　好，我會（戒菸）的。

例句練習

앞으로 주의할게요.　　　　以後會注意的。
이따가 연락할게요.　　　　晚點再跟你聯絡。
일이 끝나면 바로 갈게요.　　工作結束後，我會立刻過去的。
아무에게도 말하지 않을게요.　我不會對任何人說的。
제가 맛있는 점심 사 줄게요.　我來請你吃好吃的午餐。

寫寫看

- 我要先睡了。

먼저 잘게요.　　먼저 잘게요.
　先　睡　我要

- 今年開始我會戒菸的。

올해부터 금연할게요.
　今年　　開始　　戒菸　　我要

올해부터 금연할게요.

- 以後不會再遲到的。

앞으로 늦지 않을게요.
　以後　　晚　　我不會

앞으로 늦지 않을게요.

- 在這週前會告訴你的。

이번 주까지 알려 줄게요.
　這週　　到　　告訴　　我會

이번 주까지 알려 줄게요.

113

44　我要…… ▶ V-(으)ㄹ래요　MP3 44

我今天有點累，所以要休息一天。
오늘은 피곤하니까 하루 쉴래요.
今天　助詞　　累　　因為　　一天　　我要休息

| 動詞（無終聲） | ＋ | ㄹ래요 | 我要…… |
| 動詞（有終聲） | ＋ | 을래요 | |

文法解說

表示說話者的意志，中文翻成「我要……」。如果動詞沒有終聲，把原形的「다」去掉後加「ㄹ래요」(가다 去 → 갈래요)，有終聲時加「을래요」(먹다 吃 → 먹을래요) 即可。請注意，此文法有不規則變化：

ㄹ不規則　＊直接加「래요」

- 만들다 製作 → 만들래요
- 놀다 玩 → 놀래요

ㄷ不規則　＊「ㄷ」改成「ㄹ」後加「을래요」(「닫다 關」等部分單字為規則變化)

- 듣다 聽 → 들을래요
- 걷다 走路 → 걸을래요

ㅂ不規則　＊「ㅂ」脫落後加「우」，再加「ㄹ래요」(「입다 穿」等部分單字為規則變化)

- 눕다 躺 → 누울래요
- 굽다 烤 → 구울래요

例句練習

걸어서 갈래요.　　　　　我要走路去。
저는 홍차 마실래요.　　　我要喝紅茶。

오늘은 집에서 밥 먹을래요.   我今天要在家裡吃飯。
피곤하니까 일찍 잘래요.   因為累，所以要早睡。

寫寫看

- 我不要說了。

  얘기 안 할래요.   얘기 안 할래요.
  　　　不　　　我會
  　　　　　說

- 我要之後再說。

  나중에 얘기할래요.
  　之後　　　說　　我要

  나중에 얘기할래요.

- 我要吃拌飯。

  저는 비빔밥 먹을래요.
  　我　助詞　拌飯　　吃　　我要

  저는 비빔밥 먹을래요.

- 我不要去參加這次的聚餐。

  이번 모임에는 안 갈래요.
  　這次　　聚會　助詞　不　去　我要

  이번 모임에는 안 갈래요.

- 週末要讀韓文。

  주말에 한국어 공부할래요.
  　週末　助詞　　韓文　　　讀書　　我要

  주말에 한국어 공부할래요.

115

45 因為……，所以…… ▶ V/A- 아 / 어서 , N(이) 라서

MP3 45

因為是未成年，所以不能喝酒。
미성년자라서 술을 못 마셔요 .
未成年者　　因為　　酒　助詞　不能　　　喝

動詞、形容詞	＋	아 / 어서
名詞（無終聲）	＋	라서
名詞（有終聲）	＋	이라서

因為……，所以……

文法解說

　　用以表示理由。如果是接動詞或形容詞，先把它改成現在式後加「서」（「놀다 玩 → 놀아서」、「먹다 吃 → 먹어서」），沒有終聲的名詞加「라서」(주부 家庭主婦 → 주부라서)，有終聲的名詞加「이라서」(휴일 假日 → 휴일이라서) 即可。請注意，<u>此文法不能接命令句以及共動句，這時可改用「-(으) 니까」</u>：

- 추워서 옷을 따뜻하게 입으세요 . ✗
→ 추우니까 옷을 따뜻하게 입으세요 . ◯ 因為天氣冷，請穿溫暖一點。
- 날씨가 좋아서 같이 산책할까요 ? ✗
→ 날씨가 좋으니까 같이 산책할까요 ? ◯ 天氣好，要不要一起散步？

小筆記
「- 아 / 어서」前面只能接現在式，而時態可出現在「- 아 / 어서」後面。

例句練習

주말**이라서** 오후까지만 영업해요.　　因為是週末，只營業到下午。
어젯밤에 잠을 못 **자서** 지금 졸려요.　　因為昨晚沒睡，所以現在很睏。
배가 고**파서** 간식을 먹으려고 해요.　　因為肚子餓，打算吃點零食。
구두를 신고 걸**어서** 다리가 아픕니다.　因為穿著皮鞋走路，腿很酸。

練習題　請使用「V/A-아/어서」完成句子

1. 매일 _____ 살이 빠졌어요.
   　　　　（운동하다）
   因為每天運動，所以變瘦了。

2. 내일 _____ 모임에 못 가요.
   　　　　（다른 약속이 있다）
   明天有其他約會，所以無法去聚會。

3. _____ 컨디션이 안 좋아요.
   　　（감기에 걸리다）
   因為感冒，身體狀況不好。

4. _____ 지각했어요.
   　　（늦잠을 자다）
   因為睡過頭遲到了。

5. 출근 시간에는 _____ 지하철을 타요.
   　　　　　　　（길이 막히다）
   因為上班時間會塞車，所以搭捷運。

解答：1. 운동해서　2. 다른 약속이 있어서　3. 감기에 걸려서　4. 늦잠을 자서　5. 길이 막혀서

寫寫看

- 因為忙碌，沒能聯絡你。

바빠서 연락 못 했어요.
忙　因為　　　無法
　　　聯絡（過去式）

바빠서 연락 못 했어요.

- 因為頭痛，去看了醫生。

머리가 아파서 병원에 갔어요.
頭　助詞　痛　因為　醫院　助詞　去了

머리가 아파서 병원에 갔어요.

- 因為有事，無法去上課。

일이 있어서 수업에 못 가요.
事情　助詞　有　因為　上課　助詞　無法　去

일이 있어서 수업에 못 가요.

- 因為錢不夠，無法購買。

돈이 모자라서 살 수 없어요.
錢　助詞　不夠　因為　買　沒辦法

돈이 모자라서 살 수 없어요.

- 因為喜歡韓國，所以學韓文。

한국을 좋아해서 한국어를 배워요.
韓國　助詞　喜歡　因為　韓文　助詞　學習

한국을 좋아해서 한국어를 배워요.

46 因為……，所以…… ▶ V/A-(으)니까, N(이)니까

MP3 46

因為冷，所以穿溫暖一點。
추우니까 따뜻하게 입으세요.
　冷　　因為　　　　溫暖地　　　穿　　請

動詞、形容詞、名詞（無終聲）　　＋니까
動詞、形容詞（有終聲）　　　　　＋으니까　　因為……，所以……
名詞（有終聲）　　　　　　　　　＋이니까

文法解說

用以表示理由。如果是接沒有終聲的動詞、形容詞、名詞，加「니까」(아프다 痛 → 아프니까)，有終聲的動詞、形容詞加「으니까」(읽다 閱讀 → 읽으니까)，有終聲的名詞加「이니까」(학생 學生 → 학생이니까)。請注意，此文法有不規則變化：

ㄹ不規則　*「ㄹ」脫落後加「니까」

- 멀다 遠 → 머니까
- 길다 長 → 기니까

ㄷ不規則　*「ㄷ」改成「ㄹ」後加「으니까」(「닫다 關」等部分單字為規則變化)

- 듣다 聽 → 들으니까
- 걷다 走路 → 걸으니까

ㅂ不規則　*「ㅂ」脫落後加「우」，再加「니까」(「입다 穿」等部分單字為規則變化)

- 어렵다 難 → 어려우니까
- 춥다 冷 → 추우니까

小筆記

「-(으)니까」前句可以接過去式，而且後行句可接共動句、命令句。

例句練習

바쁘니까 나중에 연락할게요.　　因為在忙，下次再連絡你。
비가 오니까 우산을 가져가세요.　因為在下雨，請帶雨傘出門。
음식이 뜨거우니까 천천히 드세요.　食物很燙，請慢慢享用。
내일 휴가니까 영화 보러 갈래요?　明天休假要不要去看電影？
커피는 마셨으니까 차나 마실까요?　咖啡已經喝過，那要不要喝杯茶？

練習題　請使用「V/A-(으)니까」完成句子

1. 태풍이 _____ 나가지 마세요. 因為有颱風，請不要出門。
　　　　　(오다)

2. 날씨가 _____ 같이 산책할까요?
　　　　　(좋다)　　　　　　　天氣好，要不要一起散步？

3. 일이 _____ 먼저 갈게요.　工作結束了，我要先走了。
　　　　(끝나다)

4. 열심히 _____ 잘 볼 거예요.
　　　　　(공부하다)
　你有認真讀書，所以一定會考好的。

5. 지하철이 버스보다 _____ 지하철을 탑시다.
　　　　　　　　　　(빠르다)
　捷運比公車快，所以搭捷運吧。

答案：1. 오니까　2. 좋으니까　3. 끝났으니까　4. 공부했으니까　5. 빠르니까

寫寫看

- 因為好吃，所以多吃一點。

맛있으니까 많이 드세요.
　　好吃　　因為　　　很多　　　請吃

맛있으니까 많이 드세요.

- 因為今天忙，無法見面。

오늘은 바쁘니까 못 만나요.
　今天　助詞　忙　　因為　無法　見面

오늘은 바쁘니까 못 만나요.

- 肚子餓了，我們去吃飯吧。

배고프니까 밥 먹으러 갑시다.
　肚子餓　因為　　飯　　吃　　　去吧

배고프니까 밥 먹으러 갑시다.

- 因為是梅雨季，每天都下雨。

장마철이니까 매일 비가 와요.
　梅雨季　因為　　每天　　下雨

장마철이니까 매일 비가 와요.

- 因為在流行感冒，請小心。

감기가 유행이니까 조심하세요.
　感冒　助詞　流行　因為　　小心　　請

감기가 유행이니까 조심하세요.

47　必須要 ▶ V-아/어야 되다 (하다)

因為要考試，所以要讀書。
시험이 있어서 공부해야 돼요.
考試　助詞　有　因為　　讀書　　　必須要

> 動詞 ＋ 아/어야 되다 (하다)　　必須要

文法解說

接於動詞後，表示所說的內容是義務、必要的，中文翻成「必須要」。先把動詞改成現在式之後，再加「야 되다 (하다)」即可。「-아/어야 되다」與「-아/어야 하다」意思相同，但前者較口語、後者較正式。

例句練習

오늘 안으로 끝내야 돼요.	必須要在今日內完成。
건강을 위해 운동해야 돼요.	為了健康，必須要運動。
밥 먹기 전에 손을 씻어야 돼요.	吃飯前必須要洗手。
길이 막혀서 일찍 출발해야 돼요.	因為塞車，要早點出發。

| 練習題 | 請使用「V- 아 / 어야 되다」完成句子

47

1. _____ 술을 못 마셔요.
   　　　　(운전하다)

   因為要開車，所以不能喝酒。

2. 감기에 걸려서 약을 _____.
   　　　　　　　　　　　　(먹다)

   因為感冒，必須要吃藥。

3. 도서관에 가서 책을 _____.
   　　　　　　　　　　　(빌리다)

   我要去圖書館借書。

4. 좋은 성적을 받고 싶으면 열심히 _____.
   　　　　　　　　　　　　　　　(공부하다)

   如果想要拿到好成績，要認真讀書。

5. 12 시 전까지 _____.
   　　　　　　　(오다)

   必須要在十二點前到。

答案 : 1. 운전해야 돼서 2. 먹어야 돼요 3. 빌려야 돼요 4. 공부해야 돼요 5. 와야 돼요

123

寫寫看

- 我要準備什麼？

뭐 준비해야 돼요?

什麼　準備　（必須）要

뭐 준비해야 돼요?

- 必須要準時抵達。

제시간에 도착해야 돼요.

準時　助詞　抵達　（必須）要

제시간에 도착해야 돼요.

- 上課前要預習。

수업 전에 예습해야 돼요.

上課　前　助詞　預習　（必須）要

수업 전에 예습해야 돼요.

- 回家後要寫作業。

집에 가서 숙제를 써야 돼요.

回家　之後　作業　助詞　寫　（必須）要

집에 가서 숙제를 써야 돼요.

- 我要準備朋友的生日禮物。

친구 생일 선물을 준비해야 돼요.

朋友　生日　禮物　助詞　準備　（必須）要

친구 생일 선물을 준비해야 돼요.

48　如果 ▶ V/A-(으)면　　MP3 48

如果走路去，要多久？
걸어서 가면 얼마나 걸려요?
走路去　　如果　　多久　　　花費

動詞（無終聲）	+	면	如果
動詞（有終聲）	+	으면	

文法解說

表示假設或條件的用語。動詞或形容詞沒有終聲時加「면」(보다 看 → 보면)，有終聲時加「으면」(읽다 閱讀 → 읽으면) 即可。請注意，此文法有不規則變化：

ㄹ不規則　*加「면」

- 알다 知道 → 알면
- 멀다 遠 → 멀면

ㄷ不規則　*「ㄷ」改成「ㄹ」後加「으면」(「닫다 關」等部分單字為規則變化)

- 듣다 聽 → 들으면
- 걷다 走路 → 걸으면

ㅂ不規則　*「ㅂ」脫落後加「우」，再加「면」(「입다 穿」等部分單字為規則變化)

- 어렵다 難 → 어려우면
- 춥다 冷 → 추우면

例句練習

더우면 에어컨을 켜세요.　　如果熱，請開冷氣。

정답을 알면 가르쳐 주세요.　　如果知道答案的話，請告訴我。

비가 오면 안 나갈 거예요.　　如果下雨，我不會出門的。

날씨가 좋으면 놀러 갈까요?　　如果天氣好，我們要不要出去玩?

감기가 낫지 않으면 병원에 갈 거예요.
　　　　　　　　　　如果感冒沒痊癒，我要去看醫生。

練習題 請使用「V/A-(으)면」完成句子

1. _____ 외투를 입으세요.　　如果冷，請穿外套。
   (춥다)

2. 차가 _____ 지하철을 타세요.　　如果塞車，請搭捷運。
   (막히다)

3. _____ 커피를 마시는 게 어때요? 如果睏，喝杯咖啡如何?
   (졸리다)

4. 내일도 _____ 하루 쉴 거예요.
   (아프다)
   如果明天也不舒服，我要休息一天。

5. 날씨가 _____ 산책할래요?
   (시원하다)
   如果天氣涼爽，要不要去散步?

6. 한국어를 _____ 어떻게 해야 돼요?
   (잘하고 싶다)
   如果想讓韓文變流利，要怎麼做?

寫寫看

- 如果餓了，請先吃吧。

배고프면 먼저 드세요 .
　肚子餓　如果　先　　　請吃

배고프면 먼저 드세요 .

- 如果到了，請聯絡我。

도착하면 연락 주세요 .
　抵達　　如果　聯絡　　請給我

도착하면 연락 주세요 .

- 如果不知道，請問我。

모르면 저에게 물어보세요 .
　不知道 如果 我　向　　詢問　　請

모르면 저에게 물어보세요 .

- 如果有颱風，就沒辦法去了。

태풍이 오면 갈 수 없어요 .
　颱風　助詞 來 如果 去　　沒辦法

태풍이 오면 갈 수 없어요 .

- 聽音樂能放鬆心情。

노래를 들으면 마음이 편안해져요 .
　音樂 助詞 聽　如果　　心情 助詞　　變舒服

노래를 들으면 마음이 편안해져요 .

49 形容詞冠形詞（現在式）▶ A-(으)ㄴ N　　MP3 49

我喜歡溫暖的春天。
저는 따뜻한 봄을 좋아해요.
我　助詞　　溫暖的　　春天　助詞　　　喜歡

形容詞（無終聲）　＋　ㄴ
形容詞（有終聲）　＋　은　　　……的……

文法解說

「A-(으)ㄴ N」為形容詞冠形詞的現在式。所謂的**冠形詞是動詞或形容詞要修飾後面名詞**時使用的文法，中文翻成「的」。當形容詞沒有終聲時加「ㄴ」（따뜻하다 溫暖 → 따뜻한），有終聲時加「은」（많다 多 → 많은）即可。請注意，此文法有不規則變化：

ㄹ不規則　*「ㄹ」脫落後加「ㄴ」

- 길다 長 → 긴　　　　　• 멀다 遠 → 먼

ㅂ不規則　*「ㅂ」脫落後加「우」，再加「ㄴ」

- 어렵다 難 → 어려운　　• 춥다 冷 → 추운

있다 / 없다　*只要是「있다/없다」結尾都加「는」

- 맛있다 好吃 → 맛있는　• 재미없다 無聊 → 재미없는

例句練習

오늘은 바쁜 날이에요. 　　　　今天是忙碌的一天。
예쁜 꽃다발을 선물 받았어요. 　我收到了美麗的花束。
올해 하고 싶은 일 있어요? 　　今年有想做的事情嗎?
재미있는 영화 좀 추천해 주세요. 請幫我推薦好看的電影。
그들은 요즘 인기 있는 그룹이에요. 他們是最近受歡迎的團體。

練習題 請使用「A-(으)ㄴ N」完成句子

1. 시장에서 ＿＿＿＿＿ 딸기를 샀어요. 　在市場買了好吃的草莓。
   （맛있다）

2. ＿＿＿＿＿ 구두를 신지 마세요. 　請勿穿高跟鞋。
   （높다）

3. 저는 회사에서 ＿＿＿＿＿ 곳에 살아요. 我住離公司近的地方。
   （가깝다）

4. 요즘은 ＿＿＿＿＿ 치마가 유행이에요. 最近流行長的裙子。
   （길다）

5. 저는 ＿＿＿＿＿ 음식을 좋아해요. 　我喜歡辣的食物。
   （맵다）

6. 여기는 대만에서 제일 ＿＿＿＿＿ 식당이에요.
   （유명하다）
   這裡是在台灣最有名的餐廳。

寫寫看

- 我只會簡單的韓文。

간단한 한국어밖에 못해요 .
　　簡單的　　　韓文　　除了……之外　　不會

간단한 한국어밖에 못해요 .

- 請給我一杯熱牛奶。

따뜻한 우유 한 잔 주세요 .
　　熱的　　　牛奶　　一　　杯　　請給我

따뜻한 우유 한 잔 주세요 .

- 我姊姊是短頭髮。

우리 언니는 짧은 머리예요 .
　我們　　姊姊　助詞　短的　　頭髮　　是
（指「我的」）

우리 언니는 짧은 머리예요 .

- 她和我是好朋友。

그녀와 저는 좋은 친구예요 .
　她　和　我　助詞　好的　　朋友　　是

그녀와 저는 좋은 친구예요 .

- 我不喜歡悲傷的電影。

저는 슬픈 영화를 안 좋아해요 .
　我　助詞　悲傷的　電影　助詞　不　　喜歡

저는 슬픈 영화를 안 좋아해요 .

50 動詞冠形詞（現在式） ▶ V- 는 N　MP3 50

學韓文的人很多。
한국어를 배우는 사람들이 많아요.
　　學韓文　　　　 的　　人們　 助詞　　多

| 動詞 | + | 는 | ……的…… |

文法解說

「V- 는 N」為動詞冠形詞的現在式，不論有沒有終聲都加「는」（「배우다 學習 → 배우는」、「먹다 吃 → 먹는」）。請注意，此文法有不規則變化：

ㄹ不規則　＊「ㄹ」脫落後加「는」

- 살다 住→ 사는
- 알다 知道 → 아는
- 팔다 賣 → 파는

例句練習

제가 모르는 사람이에요.　　　　我不認識他。
좋아하는 연예인 있어요?　　　　你有喜歡的藝人嗎？
그가 하는 말을 믿지 마세요.　　請不要相信他所說的話。
그는 공부를 잘하는 학생이에요.　他是功課好的學生。
여긴 제가 자주 산책하러 오는 곳이에요.
這裡是我常來散步的地方。
교실에서 냄새 나는 음식을 먹지 마세요.
在教室裡請不要吃有味道的食物。

練習題 請使用「V- 는 N」完成句子

1. 지금 _____ 노래가 좋네요.
   (듣다)

   現在聽的音樂好聽。

2. 여기는 기념품을 _____ 가게예요.
   (팔다)

   這裡是賣紀念品的商店。

3. _____ 곳이 어디예요?
   (살다)

   你住的地方是哪裡?

4. 모두가 _____ 사람을 싫어해요.
   (거짓말하다)

   所有人都討厭說謊的人。

5. 한국에선 _____ 날에 파전을 먹어요.
   (비가 오다)

   在韓國,下雨天吃煎餅。

6. 제일 자주 _____ 음식이 뭐예요?
   (먹다)

   你最常吃的食物是什麼?

解答: 1. 듣는 2. 파는 3. 사는 4. 거짓말하는 5. 비가 오는 6. 먹는

> 寫寫看

- 現在是休息時間。

지금은 쉬는 시간이에요.
　現在　助詞　休息的　　時間　　是

지금은 쉬는 시간이에요.

- 我住的地方非常安靜。

제가 사는 곳은 아주 조용해요.
　我　助詞　住的　地方　助詞　非常　　安靜

제가 사는 곳은 아주 조용해요.

- 你為何要學韓文？

한국어를 배우는 이유가 뭐예요?
　韓文　助詞　學習的　　理由　助詞　什麼　是

한국어를 배우는 이유가 뭐예요?

- 百貨公司裡有很多逛街的人。

백화점에 쇼핑하는 사람이 많아요.
　百貨公司　助詞　逛街的　　人　助詞　多

백화점에 쇼핑하는 사람이 많아요.

- 我看到在捷運裡化妝的人。

지하철에서 화장하는 사람을 봤어요.
　捷運　　在　　化妝的　　人　助詞　看到了

지하철에서 화장하는 사람을 봤어요.

133

51 動詞冠形詞（過去式）▶ V-(으)ㄴ N

這是我做的蛋糕。
이건 제가 만든 케이크예요.
這個　我 助詞　做的　　　蛋糕　　是

動詞（無終聲）　　　＋　　ㄴ
動詞（有終聲）　　　＋　　은　　　　……的……

文法解說

「V-(으)ㄴ N」為動詞冠形詞的過去式。沒有終聲時加「ㄴ」（배우다 學習 → 배운），有終聲時加「은」（먹다 吃 → 먹은）。請注意，此文法有不規則變化：

ㄹ不規則 *「ㄹ」脫落後加「ㄴ」

- 살다 住 → 산
- 팔다 賣 → 판

ㄷ不規則 *「ㄷ」改成「ㄹ」後加「은」（「닫다 關」等部分單字為規則變化）

- 듣다 聽 → 들은
- 걷다 走路 → 걸은

ㅂ不規則 *「ㅂ」脫落後加「우」，再加「ㄴ」（「입다 穿」等部分單字為規則變化）

- 굽다 烤 → 구운
- 줍다 撿 → 주운

例句練習

이건 작년에 받은 선물이에요.　　　這是我去年收到的禮物。
여행 가서 찍은 사진 좀 보여 주세요.　請給我看旅遊時拍的照片。
지난번에 먹은 음식이 너무 매워요.　　上次吃的食物太辣了。
집에서 쓴 숙제를 찾을 수가 없어요.　　我找不到在家裡寫好的作業。

練習題　請使用「V-(으)ㄴ N」完成句子

1. 어제 ＿＿＿＿＿＿ 음악이 듣고 싶어요.
　　　　（듣다）
　我想聽昨天聽的音樂。

2. 옆에 ＿＿＿＿＿＿ 분은 우리 어머니세요.
　　　　（계시다）
　在旁邊的這位是我母親。

3. 어디에서 ＿＿＿＿＿＿ 옷이에요?
　　　　　（사다）
　這是在哪裡買的衣服?

4. 제가 ＿＿＿＿＿＿ 빵이에요.
　　　　（굽다）
　這是我烤的麵包。

5. 청바지를 ＿＿＿＿＿＿ 사람은 누구예요?
　　　　　（입다）
　穿牛仔褲的人是誰?

解答：1. 들은　2. 계시는　3. 산　4. 구운　5. 입은

寫寫看

- 是我前幾天聽到的消息。

  며칠 전에 들은 소식이에요.
  　幾天　前 助詞　聽到的　　消息　　　是

  며칠 전에 들은 소식이에요.

- 我不知道她為何要哭。

  그녀가 운 이유를 모르겠어요.
  　她　助詞 哭的　理由　助詞　　　不知道

  그녀가 운 이유를 모르겠어요.

- 你剛唱的歌名是什麼？

  방금 부른 노래 제목이 뭐예요?
  　剛剛　　唱的　　歌　　題目 助詞 什麼 是

  방금 부른 노래 제목이 뭐예요?

- 上次休假有去哪裡玩嗎？

  지난 휴가에 놀러 간 곳 있어요?
  　上次　　休假 助詞　玩　　去的 地方　　有

  지난 휴가에 놀러 간 곳 있어요?

- 昨天吃的食物太辣了。

  어제 먹은 음식이 너무 매웠어요.
  　昨天　吃的　　食物 助詞　非常　　　辣

  어제 먹은 음식이 너무 매웠어요.

52 動詞冠形詞（未來式）▶ V-(으)ㄹ N　MP3 52

要參加聚會的人，請聯絡我。

모임에 참석할 사람은 연락 주세요.
聚會　助詞　要參加的　　人　助詞　聯絡　　請給我

| 動詞（無終聲） | + | ㄹ | 要……的、可以……的 |
| 動詞（有終聲） | + | 을 | |

文法解說

「V-(으)ㄹ N」為動詞冠形詞的未來式。沒有終聲時加「ㄹ」（오다 來 → 올），有終聲時加「을」（읽다 閱讀 → 읽을）。請注意，此文法有不規則變化：

ㄹ不規則

- 놀다 玩 → 놀
- 살다 住 → 살

ㄷ不規則　＊「ㄷ」改成「ㄹ」後加「을」（「닫다 關」等部分單字為規則變化）

- 듣다 聽 → 들을
- 걷다 走路 → 걸을

ㅂ不規則　＊「ㅂ」脫落後加「우」，再加「ㄹ」（「입다 穿」等部分單字為規則變化）

- 굽다 烤 → 구울
- 줍다 撿 → 주울

例句練習

이제 잘 시간이에요. 　　　　　該睡覺的時間到了。
이번 주에 할 일이 많아요. 　　　這週有很多事情要做。
바빠서 밥 먹을 시간도 없어요. 　忙到連吃飯的時間都沒有。
다음에 배울 내용을 예습했어요. 　我先預習了下次要學的內容。
버스에 앉을 자리가 있으면 앉으세요. 公車上如果有座位，就坐吧。

寫寫看

- 市區裡有很多可以逛的東西。

시내에 구경할 게 많아요.
　市區　助詞　可以逛的　東西　　多

시내에 구경할 게 많아요.

- 冰箱裡沒有東西可以喝。

냉장고에 마실 것이 없어요.
　冰箱　助詞　可以喝的　東西　助詞　沒有

냉장고에 마실 것이 없어요.

- 這是我要在畢業典禮穿的衣服。

제가 졸업식에서 입을 옷이에요.
　我　助詞　畢業典禮　　在　要穿的　衣服　　是

제가 졸업식에서 입을 옷이에요.

- 我去買了要送朋友的禮物。

친구에게 줄 선물을 사러 갔어요.
　朋友　　向　　要給的　　禮物　助詞　　買　　　去了

친구에게 줄 선물을 사러 갔어요.

- 我要準備晚上要吃的食物。

저녁에 먹을 음식을 준비해야 돼요.
　晚上　助詞　要吃的　　食物　助詞　準備　　（必須）要

저녁에 먹을 음식을 준비해야 돼요.

Note

53　……的時候 ▶ V/A-(으)ㄹ 때, N 때　　MP3 53

心情不好的時候聽音樂。

기분이 안 좋을 때 음악을 들어요.
　心情　助詞　不　　好的時候　　　　　聽音樂

動詞、形容詞（無終聲）　＋　ㄹ 때
動詞、形容詞（有終聲）　＋　을 때　……的時候

文法解說

　　用以表示動作發生的時間。當動詞或形容詞沒有終聲時加「ㄹ 때」(오다 來 → 올 때)，有終聲時加「을 때」(씻다 洗 → 씻을 때)。名詞不論有無終聲直接加「때」，如果是表達過去結束的動作，則使用「V/A-았/었을 때」。請注意，此文法有不規則變化：

ㄹ不規則　*直接加「때」

- 놀다 玩 → 놀 때
- 살다 住 → 살 때

ㄷ不規則　*「ㄷ」改成「ㄹ」後加「을 때」(「닫다 關」等部分單字為規則變化)

- 듣다 聽 → 들을 때
- 걷다 走路 → 걸을 때

ㅂ不規則　*「ㅂ」脫落後加「우」，再加「ㄹ 때」(「입다 穿」等部分單字為規則變化)

- 덥다 熱 → 더울 때
- 어렵다 難 → 어려울 때

例句練習

운전할 때 조심하세요. 　　　　　開車時請注意安全。

시험 볼 때 휴대폰을 껐어요. 　　考試的時候，我關了手機。

감기에 걸렸을 때 뭐 먹어야 돼요? 　感冒的時候要吃什麼？

밖에서 음악을 들을 때 이어폰을 끼세요.
　　　　　　　　　　　　　　在外面聽音樂時，請戴耳機。

寫寫看

- 無聊的時候看劇。

심심할 때 드라마를 봐요.
　無聊的時候　　連續劇　助詞　看

심심할 때 드라마를 봐요.

- 煮菜時請開窗戶。

요리할 때 창문을 여세요.
　烹飪的時候　　窗戶　助詞　請開

요리할 때 창문을 여세요.

- 上學的時候搭公車。

학교에 갈 때 버스를 타요.
　學校　助詞　去的時候　公車　助詞　搭

학교에 갈 때 버스를 타요.

141

- 做什麼事情的時候最開心？

무슨 일을 할 때 제일 즐거워요 ?
　什麼　事情 助詞　做的時候　　最　　　　開心

무슨 일을 할 때 제일 즐거워요 ?

- 有空的時候看報紙。

시간이 있을 때 신문을 읽어요 .
　時間　助詞　　有的時候　　報紙　助詞　　閱讀

시간이 있을 때 신문을 읽어요 .

Note

54 可以 / 不可以、會 / 不會 ▶ V-(으)ㄹ 수 있다 / 없다

MP3 54

開會時，不能接電話。
회의 중에는 전화를 받을 수 없어요.
會議　　中　　助詞　　　　　接電話　　　不可以

動詞（無終聲）　＋　ㄹ 수 있다 / 없다
動詞（有終聲）　＋　을 수 있다 / 없다

可以 / 不可以

▍文法解說

「-(으)ㄹ 수 있다 / 없다」有兩種用法，一為可能性的「可以、不可以」；二為**表達能力的「會、不會」**。動詞沒有終聲時加「ㄹ 수 있다/없다」（가다 去 → **갈 수 있다/없다**），有終聲時加「을 수 있다/없다」（먹다 吃 → **먹을 수 있다/없다**）。請注意，此文法有以下不規則變化：

ㄹ不規則　＊直接加「수 있다/없다」

- 만들다 製作 → **만들 수 있다 / 없다**　　• 알다 知道 → **알 수 있다 / 없다**

ㄷ不規則　＊「ㄷ」改成「ㄹ」後加「을 수 있다/없다」（「닫다 關」等部分單字為規則變化）

- 듣다 聽 → **들을 수 있다 / 없다**　　• 걷다 走路 → **걸을 수 있다 / 없다**

ㅂ不規則　＊「ㅂ」脫落後加「우」，再加「ㄹ 수 있다/없다」（「입다 穿」等部分單字為規則變化）

- 돕다 幫助 → **도울 수 있다 / 없다**　　• 눕다 躺 → **누울 수 있다 / 없다**

例句練習

말이 빨라서 알아들을 수 없어요.　　說話太快了，我沒辦法聽懂。
운전해야 돼서 술을 마실 수 없어요.　　因為要開車，無法喝酒。
공부하면 높은 점수를 받을 수 있어요.　只要讀書，就能拿到高分。
시간이 늦어서 피아노를 칠 수 없어요.　時間晚了，不能彈鋼琴。

寫寫看

- 現在不能接電話。

지금 전화 받을 수 없어요.
　現在　　電話　　接　　　　沒辦法

지금 전화 받을 수 없어요.

- 你可以來生日派對嗎？

생일 파티에 올 수 있어요?
　生日　　派對　助詞　來　　　可以

생일 파티에 올 수 있어요?

- 很抱歉，我沒辦法理解。

죄송하지만 이해할 수 없어요.
　抱歉　　　雖然　　理解　　　　無法

죄송하지만 이해할 수 없어요.

- 因為近，可以走路去。

가까우니까 걸어서 갈 수 있어요.
　近　　　因為　　用走的　　去　　可以

가까우니까 걸어서 갈 수 있어요.

55　因為……，所以…… ▶ V/A-기 때문에, N(이)기 때문에

MP3 55

因為是上班時間，所以會塞車。

출근 시간이기 때문에 차가 막혀요.
上班　時間　　因為　　　　　　塞車

動詞、形容詞　＋　기 때문에
名詞（無終聲）　＋　기 때문에　　　因為……，所以……
名詞（有終聲）　＋　이기 때문에

文法解說

表示說明理由。不論動詞、形容詞有無終聲都加「기 때문에」，沒有終聲的名詞加「기 때문에」，有終聲的名詞加「이기 때문에」。如果是過去結束的動作，則使用「V/A-았/었기 때문에」即可。請注意，**此文法的後行句不能接命令句和共動句。**

例句練習

미성년자기 때문에 담배를 못 피워요.　　因為是未成年，不能吸菸。
어렵기 때문에 더 열심히 해야 돼요.　　因為難，所以要更認真。
내일 시험이기 때문에 공부해야 돼요.　　明天要考試，所以得讀書。
음식이 싱겁기 때문에 소금을 넣었어요.　食物清淡，所以加了鹽巴。
운동을 좋아하기 때문에 헬스장에 가요.　因為喜歡運動，所以去健身房。
한국에 살았기 때문에 한국어를 조금 해요.

　　　　　　　　　　　　　　因為有住過韓國，所以會一些韓文。

寫寫看

- 因為工作多，所以要加班。

일이 많기 때문에 야근해야 돼요.
工作　助詞　多　　　因為　　　加班　　（必須）要

일이 많기 때문에 야근해야 돼요.

- 因為是週末，所以沒有上班。

주말이기 때문에 회사에 안 갔어요.
週末　　　因為　　　　公司　助詞　不　　去（過去式）

주말이기 때문에 회사에 안 갔어요.

- 因為昨天沒睡，所以很疲倦。

어제 잠을 못 잤기 때문에 피곤해요.
昨天　　無法睡覺　　　因為　　　　疲倦

어제 잠을 못 잤기 때문에 피곤해요.

- 因為下暴雨，所以無法出門。

폭우가 내리기 때문에 외출 못 해요.
下暴雨　　　　因為　　　　無法外出

폭우가 내리기 때문에 외출 못 해요.

- 吃太多了，所以消化不良。

많이 먹었기 때문에 소화가 안 돼요.
很多　　吃了　　因為　　　　無法消化

많이 먹었기 때문에 소화가 안 돼요.

146

56 因為……，所以…… ▶ N 때문에

因為要準備會議，所以很忙。
회의 준비 때문에 바빠요.
會議　　準備　　因為　　　　忙

名詞　　＋　　때문에　　　因為……，所以……

文法解說

表示說明理由。「N 때문에」與「N(이)기 때문에」(或「N(이)라서」)的差別為，**前者偏向個人、主觀的理由；而後者是「該名詞具有的特質，必然會導致後面的結果」時使用**，因此是客觀的事實。請看以下例句：

친구 때문에 울었어요.　　　　因為朋友，我哭了。
친구기 때문에 서로 도와줘야 돼요.　因為是朋友，必須要互相幫忙。

例句練習

오해 때문에 친구와 싸웠어요.　　因為誤會，和朋友吵架了。
감기 때문에 몸이 안 좋아요.　　　因為感冒，身體不舒服。
고민 때문에 밤에 잠이 안 와요.　　因為煩惱，晚上睡不著。
중요한 시험 때문에 밤새워 공부했어요.
　　　　　　　　　　　　　　　　因為重要的考試，熬夜讀書了。

> **練習題**　請使用「N 때문에」或「N(이)기 때문에」完成句子

1. **고등학생** _____ 교복을 입어요.

    因為是高中生，所以要穿制服。

2. **급한 회의** _____ 밥을 못 먹었어요.

    因為臨時的會議，還沒吃飯。

3. **미성년자** _____ 술을 마실 수 없어요.

    因為是未成年，不能喝酒。

4. **수영 선수** _____ 수영을 잘해요.

    因為是游泳選手，很會游泳。

5. **이웃** _____ 밤에 시끄러워서 잠을 못 자요.

    因為鄰居，晚上吵到無法睡覺。

6. **태풍** _____ 항공편이 취소되었어요.

    因為颱風，班機被取消了。

解答：1. 이기 때문에　2. 때문에　3. 기 때문에　4. 기 때문에　5. 때문에　6. 때문에

寫寫看

- 因為公司的事情在煩惱。

회사 일 때문에 고민이에요.
公司　事情　因為　　　煩惱　　　是

회사 일 때문에 고민이에요.

- 因為加班，無法聚餐。

야근 때문에 모임에 못 가요.
加班　　因為　　　聚餐　助詞　無法　去

야근 때문에 모임에 못 가요.

- 因為考試，有壓力。

시험 때문에 스트레스 받아요.
考試　　因為　　　壓力　　　受到

시험 때문에 스트레스 받아요.

- 因為成績不好，被責罵了。

안 좋은 성적 때문에 혼났어요.
不　好的　成績　因為　　被責罵了

안 좋은 성적 때문에 혼났어요.

- 因為感冒，想休息幾天。

감기 때문에 며칠 쉬고 싶어요.
感冒　　因為　　幾天　休息　想要

감기 때문에 며칠 쉬고 싶어요.

57 附加說明（等）▶ V-는데, A-(으)ㄴ데, N 인데

MP3 57

她是我的朋友，長得漂亮。
제 친구인데 예쁘게 생겼어요.
我的　　朋友　（附加說明）　　漂亮地　　　　　長

動詞	+	는데
形容詞（無終聲）	+	ㄴ데
形容詞（有終聲）	+	은데
名詞	+	인데

附加說明（等）

文法解說

此文法的第一個用法為**對某件事情進行附加說明**時使用，前句為事實，後句為補充說明。第二種用法為，**對前句做相反意義的補充**時使用，中文翻成「不過」、「卻」、「只是」；最後一個用法為**向對方提出請求或提問、命令**時使用。如果是表達過去結束的事情，則使用「V/A-았/었는데」。請注意，此文法有以下不規則變化：

ㄹ不規則（動詞）　＊「ㄹ」脫落後加「는데」

- 만들다 製作 → 만드는데
- 알다 知道 → 아는데

ㄹ不規則（形容詞）　＊「ㄹ」脫落後加「ㄴ데」

- 달다 甜 → 단데
- 멀다 遠 → 먼데

ㅂ不規則（形容詞） *「ㅂ」脫落後加「우」，再加「ㄴ데」

- 쉽다 簡單 → 쉬운데
- 맵다 辣 → 매운데

있다 / 없다 *只要是「있다/없다」結尾都加「는데」

- 맛있다 好吃 → 맛있는데
- 재미없다 無聊 → 재미없는데

例句練習

1. 附加說明

한국어를 배우고 있는데 재미있어요. 我正在學韓文，覺得很有趣。
제 고향은 서울인데 교통이 복잡해요. 我的故鄉是首爾，交通複雜。
버스를 탔는데 사람이 많아요. 我搭的公車人很多。
여긴 지난 휴가 때 간 곳인데 정말 아름다웠어요.
這是我上次休假去的地方，真的很美。

2. 相反意義

열심히 공부했는데 시험을 못 봤어요. 認真地讀書了，但考試沒考好。
학교 근처에 사는데 매일 지각해요. 住學校附近，但每天遲到。
어제는 추웠는데 오늘은 덥네요. 昨天冷，但今天卻熱。
유명한 식당인데 맛이 없어요. 雖然是有名的餐廳，但不好吃。

3. 提出請求或提問、命令

밖에 비가 많이 오는데 창문을 닫으세요. 外面雨下很大，請關窗戶。
여행 가려고 하는데 같이 갈래요? 我打算去旅行，你也要一起來嗎？
한국은 요즘 추운데 대만은 어때요? 韓國最近冷，那台灣呢？

> **小筆記**
>
> 當「V-는데，A-(으)ㄴ데，N인데」出現在句尾時，表示和對方有不同見解、拒絕對方或期待對方反應時使用：
>
> A: 영화가 좀 지루하지요?　　電影有點無聊吧？
> B: 저는 재미있는데요.　　我覺得好看啊。

練習題 請使用「V-는데」、「A-(으)ㄴ데」、「N인데」完成句子

1. 지금은 _____ 나중에 전화하세요.
   (바쁘다)

   現在在忙，請之後再打給我。

2. 못 _____ 다시 얘기해 주세요.
   (알아듣다)

   我沒有聽懂，請您再說一次。

3. 그 식당에 자주 _____ 사장님이 친절하세요.
   (가다)

   我常去的那間餐廳老闆很親切。

4. 콘서트 표가 _____ 같이 갈래요?
   (있다)

   我有演唱會的票，你要一起來嗎？

5. 할 일이 _____ 좀 도와주세요.
   (많다)

   我有好多事情要做，請你幫幫我。

解答：1. 바쁜데 2. 알아들었는데 3. 가는데 4. 있는데 5. 많은데

寫寫看

- 衣服漂亮，但是貴。

옷이 예쁜데 비싸네요.
衣服 助詞 漂亮 但是 貴

옷이 예쁜데 비싸네요.

- 這是我最近看的書，很好看。

요즘 보는 책인데 재미있어요.
最近　　看的　　書　語尾　　　　有趣
（附加說明）

요즘 보는 책인데 재미있어요.

- 飲料好喝，但有點甜。

음료수가 맛있는데 좀 달아요.
飲料　助詞　好喝　但是　稍微　　甜

음료수가 맛있는데 좀 달아요.

- 我頭痛……，你有止痛藥嗎？

머리가 아픈데 진통제 있어요?
頭　助詞　痛　語尾　　止痛藥　　　有
（提問）

머리가 아픈데 진통제 있어요?

- 有點冷，請幫我關窗戶。

추운데 창문 좀 닫아 주세요.
冷　語尾　　　窗戶　　拜託　　　　請幫我關
（請求、命令）

추운데 창문 좀 닫아 주세요.

153

58 會/不會 ▸ V-(으)ㄹ 줄 알다/모르다　MP3 58

我會說韓文。
저는 한국어를 할 줄 알아요.
我 助詞　韓文　助詞　　　會

動詞（無終聲） ＋ ㄹ 줄 알다/모르다
動詞（有終聲） ＋ 을 줄 알다/모르다　　會、不會

文法解說

　　表示能力，中文為「會、不會」。與 p.143 的「-(으)ㄹ 수 있다/없다」相比，是更口語的說法。動詞沒有終聲時加「ㄹ 줄 알다/모르다」（운전하다 開車 → 운전할 줄 알다/모르다），有終聲時加「을 줄 알다/모르다」（읽다 讀 → 읽을 줄 알다/모르다）。請注意，此文法有以下不規則變化：

ㄹ不規則　＊直接加「줄 알다/모르다」

・만들다 製作 → 만들 줄 알다/모르다

ㄷ不規則　＊「ㄷ」改成「ㄹ」後加「을 줄 알다/모르다」

・듣다 聽 → 들을 줄 알다/모르다

例句練習

스키를 탈 줄 알아요?　　你會滑雪嗎?
무슨 언어를 할 줄 알아요?　　你會什麼語言?
한국에 살았지만 한국어를 할 줄 몰라요.
　　　　　　　　　我雖然住過韓國，但不會說韓文。

寫寫看

- 你會彈吉他嗎？

기타 칠 줄 아세요?
　吉他　彈　　　會

기타 칠 줄 아세요?

- 你會哪些運動？

할 줄 아는 운동이 뭐예요?
　會做的　　　運動　助詞 什麼　是

할 줄 아는 운동이 뭐예요?

- 我不會煮韓式料理。

저는 한식을 만들 줄 몰라요.
　我 助詞　韓食 助詞　做　　　不會

저는 한식을 만들 줄 몰라요.

- 我不會開車。

저는 운전을 할 줄 몰라요.
　我 助詞　　開車　　　不會

저는 운전을 할 줄 몰라요.

- 我不會開車，所以要搭公車。

운전할 줄 몰라서 버스 타야 돼요.
　開車　　 不會　 因為　公車 搭　（必須）要

운전할 줄 몰라서 버스 타야 돼요.

155

59　……的事情 ▶ V-는 것　MP3 59

我的興趣是聽音樂。
제 취미는 음악을 듣는 것이에요.
我的　興趣　助詞　　聽音樂　　　的事情　　是

動詞　＋　는 것　……的事情

文法解說

　　此文法是讓不是名詞的詞彙，在句子中應用成名詞的文法。簡單來說，「-는 것」能把動詞變成名詞化，其中文翻成「……的事情」。例如，在「我喜歡聽音樂」這句裡，動詞「좋아하다 喜歡」要擺在句子的最後面，那麼，我們必須把「음악(을) 듣다 聽音樂」名詞化後，讓句子變成「저는 음악 듣는 것을 좋아해요.」才會是完整的句子組合。不論動詞有無終聲，把原形的「다」去掉後加「는 것」即可。請注意，此文法有不規則變化：

ㄹ不規則　＊「ㄹ」脫落後加「는 것」

- 알다 知道 → 아는 것
- 놀다 玩 → 노는 것

小筆記
「것」可隨著所接的助詞縮寫成：
- 게（것이）
- 건（것은）
- 걸（것을）

例句練習

그는 아는 것이 많아요.　他知道的事情很多。
단어를 외우는 것이 어려워요.　背單字這件事情很難。
바빠서 전화하는 것을 잊어버렸어요.　因為忙，忘記打給你了。
제 소원은 한국어를 잘하는 것이에요.　我的願望是說流利的韓文。

寫寫看

- 你喜歡什麼？

좋아하는 게 뭐예요?
　喜歡　　的事情　什麼　是

좋아하는 게 뭐예요?

- 搭捷運很方便。

지하철을 타는 게 편해요.
　捷運　助詞　搭　的事情　　方便

지하철을 타는 게 편해요.

- 我不喜歡讀書。

저는 공부하는 것을 싫어해요.
　我　助詞　　讀書　　的事情　助詞　不喜歡

저는 공부하는 것을 싫어해요.

- 用韓文對話沒問題。

한국어로 대화하는 건 문제 없어요.
　韓文　用　　對話　　的事情　問題　沒有

한국어로 대화하는 건 문제 없어요.

- 我喜歡在安靜的地方散步。

조용한 곳에서 산책하는 걸 좋아해요.
　安靜的　地方　在　　散步　的事情　喜歡

조용한 곳에서 산책하는 걸 좋아해요.

157

60 看起來 ▶ A- 아 / 어 보이다　MP3 60

他看起來比實際年齡年輕。
그는 나이보다 젊어 보여요.
他　助詞　年紀　　比起　　年輕　　　看起來

形容詞現在式　+　보이다　　　看起來

文法解說

　　表示說話者看過後的推測與判斷,中文為「看起來……」。把形容詞改成現在式之後,加上「보이다」即可。

例句練習

오늘따라 피곤해 보이네요.　　你今天看起來特別累。
매워 보여서 저는 못 먹겠어요.　看起來辣,所以我可能沒辦法吃。
맛있어 보이지만 많이 싱거워요.　看起來好吃,但非常清淡。
가까워 보이는데 걸어서 갈래요?　看起來很近,那要不要走路去?
그는 무뚝뚝해 보이지만 상냥한 사람입니다.
　　　　　　　　　　　　　　　他看起來木訥,但其實是友善的人。

| 練習題 | 請寫出正確的答案

例) 과일이 모두 _____신선해_____ 보여요.
　　　　　　　　　(신선하다)
水果看起來都很新鮮。

1. 어느 게 더 _____ 보여요?
　　　　　　　(예쁘다)
哪一個看起來比較漂亮?

2. 이 신발을 신으니까 키가 _____ 보여요.
　　　　　　　　　　　　　　(크다)
穿這雙鞋,個子看起來很高。

3. _____ 보이지만 고민이 많아요.
　(행복하다)
雖然看起來幸福,但有很多煩惱。

4. 안색이 안 _____ 보이는데 괜찮아요?
　　　　　　　　(좋다)
你的氣色看起來不好,還好嗎?

5. 음식이 _____ 보이네요.
　　　　　　(맛있다)
食物看起來好吃。

정답 : 1. 예뻐 2. 커 3. 행복해 4. 좋아 5. 맛있어

> **寫寫看**

- 他看起來很安靜。

그는 조용해 보여요.
　他　助詞　安靜　　看起來

그는 조용해 보여요.

- 所有食物看起來都好吃。

모든 음식이 맛있어 보이네요.
　所有的　食物　助詞　好吃　　看起來

모든 음식이 맛있어 보이네요.

- 這樣穿看起來很瘦。

이렇게 입으니까 날씬해 보여요.
　這樣地　穿　因為　　瘦　　看起來

이렇게 입으니까 날씬해 보여요.

- 剪頭髮後看起來清爽。

머리를 자르니까 시원해 보여요.
　頭髮　助詞　剪　因為　清爽　　看起來

머리를 자르니까 시원해 보여요.

- 你看起來很開心，有發生好事嗎？

즐거워 보이는데 좋은 일 있어요?
　開心　　看起來　語尾　好的　事情　有

즐거워 보이는데 좋은 일 있어요?

61 似乎、好像 ▶ V-는 것 같다, A-(으)ㄴ 것 같다, N인 것 같다

MP3 61

他好像在睡覺。

지금 자고 있는 것 같아요.
現在　　睡　　正在　　　　　好像

動詞	+	는 것 같다
形容詞（無終聲）	+	ㄴ 것 같다
形容詞（有終聲）	+	은 것 같다
名詞	+	인 것 같다

似乎、好像

文法解說

　　表示對現在的動作或狀態的猜測，中文為「似乎、好像」。此文法亦可在委婉地表達個人意見時使用，這時的中文翻成「我覺得……」。不論動詞有無終聲都加「는 것 같다」(「배우다 學習 → 배우는 것 같다」、「듣다 聽 → 듣는 것 같다」)，沒有終聲的形容詞加「ㄴ 것 같다」(바쁘다 忙 → 바쁜 것 같다)，有終聲的形容詞加「은 것 같다」(좋다 好 → 좋은 것 같다)，名詞不論有無終聲都加「인 것 같다」(학생 學生 → 학생인 것 같다)。請注意，此文法有以下不規則變化：

ㄹ不規則（動詞）　*「ㄹ」脫落後加「는 것 같다」

- 울다 哭 → 우는 것 같다
- 알다 知道 → 아는 것 같다

ㄹ不規則（形容詞） *「ㄹ」脫落後加「ㄴ 것 같다」

- 달다 甜 → 단 것 같다
- 멀다 遠 → 먼 것 같다

ㅂ不規則（形容詞） *「ㅂ」脫落後加「우」，再加「ㄴ 것 같다」

- 쉽다 簡單 → 쉬운 것 같다
- 맵다 辣 → 매운 것 같다

있다 / 없다 *只要是「있다/없다」結尾都加「는 것 같다」

- 맛있다 好吃 → 맛있는 것 같다
- 재미없다 無聊 → 재미없는 것 같다

例句練習

오늘은 좀 추운 것 같아요.
我覺得今天有點冷。

이 음료수는 너무 단 것 같아요.
我覺得這飲料太甜了。

표정을 보니 기분이 안 좋은 것 같아요.
看他的表情，心情似乎不太好。

빗소리가 들리는데 비가 오는 것 같아요.
我聽到雨滴聲了，外面似乎在下雨。

학생인 것 같아요. 왜냐하면 교복을 입었어요.
他好像是學生，因為穿了制服。

小筆記

結束的事情使用「V-(으)ㄴ 것 같다」；對未來事情的猜測，則使用「V/A-(으)ㄹ 것 같다」：

지금 비가 오는 것 같아요. 　現在好像在下雨。
방금 비가 온 것 같아요. 　剛剛好像下過雨了。
곧 비가 올 것 같아요. 　感覺快要下雨了。

寫寫看

- 我好像感冒了。

감기에 걸린 것 같아요.
感冒　助詞　得　　　好像

감기에 걸린 것 같아요.

- 他好像不是學生。

학생이 아닌 것 같아요.
學生　助詞　不是　　好像

학생이 아닌 것 같아요.

- 我覺得他是個親切的人。

그는 친절한 사람인 것 같아요.
他　助詞　親切的　　人　　　好像

그는 친절한 사람인 것 같아요.

- 你好像在忙，那我下次再打給你。

바쁜 것 같은데 다음에 전화할게요.
忙碌　　好像　　語尾　　下次　　打電話　　我會

바쁜 것 같은데 다음에 전화할게요.

- 這附近似乎沒有捷運站。

근처에 지하철역이 없는 것 같아요.
附近　助詞　　捷運站　　助詞　沒有　　　好像

근처에 지하철역이 없는 것 같아요.

163

62 幫（某人）做（某事）▶ V- 아 / 어 주다　　MP3 62

請告訴我電話號碼。
전화번호 좀 가르쳐 주세요.
　　電話號碼　　麻煩　　　　請告訴我

> 動詞現在式　＋　주다　　幫（某人）做（某事）

文法解說

　　表示幫某人做某件事情，先把動詞改成現在式後，加「주다」即可。命令他人做某件事情時使用「- 아 / 어 주세요　請幫我……」，詢問是否需要幫某人做某件事情時，則使用「- 아 / 어 줄까요？要幫你……嗎？」。

例句練習

그 옷 좀 보여 주세요.　　　　　　　請給我看那件衣服。
짐 좀 들어 줄 수 있어요?　　　　　 可以幫我拿行李嗎？
추운데 창문 좀 닫아 주세요.　　　　有點冷，請幫我關窗戶。
다시 한번 말씀해 주시겠어요?　　　您可以再說一遍嗎？
지금은 바쁘니까 이따가 전화해 주세요. 現在在忙，請晚點打給我。

164

寫寫看

- 感謝您的協助。

도와주셔서 감사합니다.
　　協助　　因為　　　　謝謝

도와주셔서 감사합니다.

- 請在此處寫地址。

여기에 주소를 써 주세요.
　這裡　助詞　地址　助詞　寫　　請幫我

여기에 주소를 써 주세요.

- 可以借我錢嗎?

돈 좀 빌려 줄 수 있어요?
　錢　一點　借　　　　可以

돈 좀 빌려 줄 수 있어요?

- 我給朋友看了照片。

친구에게 사진을 보여 줬어요.
　朋友　　向　照片　助詞　　給看過

친구에게 사진을 보여 줬어요.

- 請向班上同學轉告。

반 친구들에게 전해 주세요.
　班　朋友們　　向　　傳達　請幫我

반 친구들에게 전해 주세요.

63 敬語 ▶ V/A-(으)시-　MP3 63

奶奶在醃漬泡菜。
할머니께서 김치를 담그세요.
　奶奶　　助詞　　泡菜　助詞　　　醃漬

> 動詞、形容詞（無終聲）　＋　시
> 動詞、形容詞（有終聲）　＋　으시　　敬語

文法解說

　　動作的主體比說話者年長、社會地位高的時候，要使用「-(으)시-」來表示尊敬。如果動詞或形容詞沒有終聲，加「시」、「세요」、「셨어요」、「실 거예요」，有終聲加「으시」、「으세요」、「으셨어요」、「으실 거예요」。

		原形	原形（敬語）	現在式（敬語）	過去式（敬語）	未來式（敬語）
無終聲	動詞	가다　去	가시다	가세요	가셨어요	가실 거예요
	形容詞	나쁘다　壞	나쁘시다	나쁘세요	나쁘셨어요	나쁘실 거예요
有終聲	動詞	읽다　閱讀	읽으시다	읽으세요	읽으셨어요	읽으실 거예요
	形容詞	많다　多	많으시다	많으세요	많으셨어요	많으실 거예요

請注意，此文法有以下不規則變化：

ㄹ不規則 *「ㄹ」脫落後加「시」、「세요」、「셨어요」、「실 거예요」

- 만들다 製作：만드시다 - 만드세요 - 만드셨어요 - 만드실 거예요
- 알다　知道：아시다 - 아세요 - 아셨어요 - 아실 거예요

ㄷ不規則 *「ㄷ」改成「ㄹ」後，加「으시」、「으세요」、「으셨어요」、「으실 거예요」

- 듣다 聽　：들으시다 - 들으세요 - 들으셨어요 - 들으실 거예요
- 걷다 走路：걸으시다 - 걸으세요 - 걸으셨어요 - 걸으실 거예요

ㅂ不規則 *「ㅂ」脫落後加「우」，再加「시」、「세요」、「셨어요」、「실 거예요」

- 눕다 躺：누우시다 - 누우세요 - 누우셨어요 - 누우실 거예요
- 굽다 烤：구우시다 - 구우세요 - 구우셨어요 - 구우실 거예요

除了上述的不規則變化外，還有以下不規則變化的字彙：

名詞

이름 名字	▶ 성함	나이 年紀	▶ 연세
생일 生日	▶ 생신	밥 飯	▶ 진지
사람 / 명 人	▶ 분	말 話	▶ 말씀

動詞

- 먹다 吃　▶ ❶ 잡수시다　❷ 드시다
- 마시다 喝　▶ 드시다
- 자다 睡覺　▶ 주무시다
- 있다 有、在　▶ ❶ 있으시다 有　❷ 계시다 在

> **小筆記**
> 連接名詞時則使用「N(이)시다」、「N(이)세요」、「N(이)셨어요」、「N(이)실 거예요」。

167

없다 沒有、不在　▶　❶ 없으시다 沒有　❷ 안 계시다 不在
아프다 痛　▶　편찮으시다

助詞

이/가 ▶ 께서　　은/는 ▶ 께서는　　에게 ▶ 께

例句練習

몇 분이세요？　　　　　　　　　請問幾位？
지금 회사에 계세요？　　　　　　您現在在公司嗎？
요리를 참 잘하시네요.　　　　　　您的廚藝真好。
할아버지, 진지 잡수세요.　　　　　爺爺，請用膳吧。
아버지께서 점심을 안 드셨어요.　　爸爸沒有用午膳。
할머니 생신이라서 가족 모임이 있어요.
　　　　　　　　　　　　　　　　因為是奶奶生辰，有家庭聚會。

練習題　請完成表格

	-(으)세요	-(으)셨어요	-(으)실 거예요
例) 가다 去	가세요	가셨어요	가실 거예요
01. 배우다 學習			
02. 입다 穿			
03. 자다 睡覺			
04. 쉬다 休息			
05. 읽다 閱讀			

答案：1. 배우세요 - 배우셨어요 - 배우실 거예요　2. 입으세요 - 입으셨어요 - 입으실 거예요　3. 주무세요 - 주무셨어요 - 주무실 거예요　4. 쉬세요 - 쉬셨어요 - 쉬실 거예요　5. 읽으세요 - 읽으셨어요 - 읽으실 거예요

寫寫看

- 您今天吃了什麼？

  오늘 뭐 드셨어요 ?
  　今天　什麼　　吃了

  오늘 뭐 드셨어요 ?

- 您從事什麼工作？

  무슨 일을 하세요 ?
  　什麼　工作 助詞　做

  무슨 일을 하세요 ?

- 這位是我母親。

  이분이 제 어머니세요 .
  　這位 助詞 我的　母親　　是

  이분이 제 어머니세요 .

- 您昨天幾點睡？

  어제 몇 시에 주무셨어요 ?
  　昨天　幾　點 助詞　睡（過去式）

  어제 몇 시에 주무셨어요 ?

- 父母親住在首爾。

  부모님께서는 서울에 사세요 .
  　父母親　　助詞　　首爾 助詞　住

  부모님께서는 서울에 사세요 .

169

64 可以 ▶ V-아/어도 되다

MP3 64

可以在這裡拍照嗎？
여기서 사진을 찍어도 돼요?
在這裡　　　拍照片　　　可以嗎

| 動詞現在式 | + | 도 되다 | 可以 |

文法解說

表示允許進行某事。先把動詞改成現在式後，加「도 되다」即可。

例句練習

내일 안 와도 돼요.　　　　　　明天可以不用來了。
잠시 나갔다 와도 될까요?　　　可以暫時出去一趟嗎？
일이 끝났으면 가도 돼요.　　　工作結束就可以離開了。
배고프면 먼저 먹어도 돼요.　　如果餓了，可以先吃。
실내에 신발 신고 들어가도 돼요?　可以穿鞋子進室內嗎？
모르는 게 있는데 물어봐도 돼요?　我有不懂的地方，可以問你嗎？

寫寫看

- 可以晚一點再來。

  좀 늦게 와도 돼요 .
  _{稍微　　晚　　來　　可以}

  좀 늦게 와도 돼요 .

- 你可以坐這裡。

  여기에 앉아도 돼요 .
  _{這裡　助詞　坐　　可以}

  여기에 앉아도 돼요 .

- 可以先下班。

  먼저 퇴근해도 됩니다 .
  _{先　　下班　　可以}

  먼저 퇴근해도 됩니다 .

- 明天可以休息一天。

  내일 하루 쉬어도 돼요 .
  _{明天　一天　休息　可以}

  내일 하루 쉬어도 돼요 .

- 在捷運裡可以飲食嗎？

  지하철에서 음식을 먹어도 돼요 ?
  _{捷運　　在　　食物　助詞　吃　　可以}

  지하철에서 음식을 먹어도 돼요 ?

65 不可以 ▶ V-(으)면 안 되다

MP3 65

當身體不適時，不能勞累。

몸이 안 좋을 때 무리하면 안 돼요.

身體　助詞　不　　好的時候　　　操勞　　　　不可以

> 動詞（無終聲） ＋ 면 안 되다
> 動詞（有終聲） ＋ 으면 안 되다
> 　　　　　　　　　　　　　　　不可以

文法解說

表示禁止、不允許進行某事。動詞沒有終聲時加「면 안 되다」，有終聲時加「으면 안 되다」即可。請注意，此文法有不規則變化：

ㄹ不規則 ＊加「면 안 되다」

- 만들다 製作 → 만들면 안 되다
- 놀다 玩 → 놀면 안 되다

ㄷ不規則 ＊「ㄷ」改成「ㄹ」後加「으면 안 되다」（「닫다 關」等部分單字為規則變化）

- 듣다 聽 → 들으면 안 되다
- 걷다 走路 → 걸으면 안 되다

ㅂ不規則 ＊「ㅂ」脫落後加「우」，再加「면 안 되다」（「입다 穿」等部分單字為規則變化）

- 굽다 烤 → 구우면 안 되다
- 눕다 躺 → 누우면 안 되다

例句練習

수업 시간에 떠들면 안 돼요.	上課時間不可以喧嘩。
실내에서 촬영하면 안 됩니다.	在室內不可以拍照。
이곳에서 담배를 피우면 안 돼요.	此處不可吸菸。
날짜가 지난 음식은 먹으면 안 돼요.	不可以吃過期的食物。

寫寫看

- 明天不可以遲到。

내일은 늦으면 안 돼요.
　明天　助詞　晚　　　　不可以

내일은 늦으면 안 돼요.

> **小筆記**
> 如果用雙重否定的方式「-지 않으면 안 되다 不能不」表達，意思與「-아/어야 되다 必須要」相同：
>
> 지금 출발하지 않으면 안 돼요.
> 現在不能不出發。
> = 지금 출발해야 돼요.
> 現在必須要出發。

- 考試不能落榜。

시험에 떨어지면 안 돼요.
　考試　助詞　落榜　　　不可以

시험에 떨어지면 안 돼요.

- 不可以酒駕。

음주 운전하면 안 됩니다.
　酒駕　　　　不可以

음주 운전하면 안 됩니다.

- 為了健康不能晚睡。

건강을 위해 늦게 자면 안 돼요.
　健康　助詞　為了　晚　睡　不可以

건강을 위해 늦게 자면 안 돼요.

- 不能對我說謊。

저에게 거짓말을 하면 안 돼요.
　我　向　　說謊　　　　不可以

저에게 거짓말을 하면 안 돼요.

66 表示變化 ▶ A- 아/어지다   MP3 66

因為是休假季，觀光客變多了。
휴가철이라서 관광객이 많아졌어요.
休假季　　因為　　　　觀光客　助詞　　　　變多了

| 形容詞現在式 | ＋ | 지다 | 變…… |

文法解說

表示狀態的變化。把形容詞改成現在式之後，加「지다」即可。請注意，**這時已經不再是形容詞，而是動詞了。**

例句練習

비가 오고 시원해졌어요.　　　　下過雨後變涼快了。
예전하고 달라진 점 없어요?　　有什麼地方與以前不同嗎？
앞으로 점점 더워질 거예요.　　以後會慢慢變熱的。
유학 생활은 좀 익숙해졌어요?　習慣留學生活了嗎？
퇴근 시간이라서 차가 많아졌어요. 因為是下班時間，車子變多了。

寫寫看

- 妳變得越來越漂亮。

점점 더 예뻐지네요.
　漸漸　更　　變漂亮

점점 더 예뻐지네요.

- 明天可能會變冷。

내일 추워질 수도 있어요.
　明天　變冷　　　可能會

내일 추워질 수도 있어요.

- 上課內容變難了。

수업 내용이 어려워졌어요.
　上課　內容 助詞　變難了

수업 내용이 어려워졌어요.

- 大掃除後變乾淨了。

대청소를 해서 깨끗해졌어요.
　大掃除　因為　　變乾淨了

대청소를 해서 깨끗해졌어요.

- 觀光客和去年比變多了。

관광객이 작년보다 많아졌어요.
　觀光客 助詞 去年　比　變多了

관광객이 작년보다 많아졌어요.

67 表示變化 ▶ V-게 되다　MP3 67

我變得很會吃辣了。
매운 음식을 잘 먹게 되었어요.
辣的食物　助詞　很會　吃　　　變得

動詞　＋　게 되다　　變得

文法解說

表示變化的結果。不論動詞有無終聲，把原形的「다」去掉後加「게 되다」即可。此文法亦可用來表示被動，以及委婉地表達發生在自己身上的事情。

例句練習

교통사고로 입원하게 되었어요. 　因為交通事故住院了。
다쳐서 운동을 할 수 없게 되었어요. 　因為受傷無法運動了。
한국 문화에 대해 잘 알게 되었어요. 　對韓國文化變得很了解了。
다음 주에 회사를 그만두게 되었어요. 　我下週要離職了。
룸메이트가 이사를 가서 혼자 살게 되었어요.
　　　　　　　　　　　　　　室友搬家後變成我一個人住了。

寫寫看

- 我變得很會吃辣了。

매운 음식을 잘 먹게 되었어요.
辣的　　食物　助詞　很會　吃　　　變得

매운 음식을 잘 먹게 되었어요.

- 我無法遵守諾言了。

약속을 못 지키게 되었어요.
約定　助詞　無法　遵守　（委婉表達）

약속을 못 지키게 되었어요.

- 下學期要留學了。

다음 학기에 유학 가게 됐어요.
下一個　學期　助詞　留學　去　（委婉表達）

다음 학기에 유학 가게 됐어요.

- 明天要回故鄉了。

내일 고향으로 돌아가게 됐어요.
明天　故鄉　助詞　回去　（委婉表達）

내일 고향으로 돌아가게 됐어요.

- 我的韓文比以前更流利了。

예전보다 한국어를 잘하게 됐어요.
以前　比起　韓文　助詞　流利　變得

예전보다 한국어를 잘하게 됐어요.

177

68 決定 ▶ V- 기로 하다　MP3 68

週末決定待在家裡。
주말에 집에 있기로 했어요.
　週末　助詞　家　助詞　在　　　　決定

動詞　+　기로 하다　決定

文法解說

　　表示決定進行某事。把動詞原形的「다」去掉後加「기로 하다」即可。這時候，「- 기로『하다』」可與意思相近的「- 기로『**결심하다**(決心)』」、「- 기로『**마음먹다**(下定決心)』」等動詞替換使用。此文法也有與他人約定的含意，此時，「- 기로『하다』」可改成「- 기로『**약속하다**(約定)』」。

例句練習

회의는 오후에 하기로 합시다.　　　　會議決定在下午召開。
퇴근하고 친구를 만나기로 했어요.　　下班後和朋友約見面。
휴일에 브런치 먹기로 약속했어요.　　約好假日一起吃早午餐。
어디에서 결혼식을 하기로 했어요?　　你們決定在哪裡辦婚禮？
올해부터는 금연하기로 결심했어요.　　從今年起決定戒菸。

| 寫寫看 |

- 你們約什麼時候見面？

언제 만나기로 했어요 ?
　何時　　見面　　　　決定

언제 만나기로 했어요 ?

- 我決定暫時休息一會兒。

잠시 쉬기로 결심했어요 .
　暫時　休息　　　決定

잠시 쉬기로 결심했어요 .

- 我決定戒酒。

술을 끊기로 마음먹었어요 .
　酒 助詞 戒掉　　　下定決心

술을 끊기로 마음먹었어요 .

- 和朋友約好去旅行。

친구와 여행 가기로 했어요 .
　朋友　和　旅遊　去　　決定

친구와 여행 가기로 했어요 .

- 週末決定不出門了。

주말에 나가지 않기로 했어요 .
　週末 助詞 出去　　不　　決定

주말에 나가지 않기로 했어요 .

179

69 真希望 ▶ V/A- 았/었으면 좋겠다　　MP3 69

希望不要下雨。
비가 안 왔으면 좋겠어요.
　　　不下雨　　　　　真希望

動詞、形容詞過去式　+　으면 좋겠다　　真希望

文法解說

　　表示說話者的希望、願望。先把動詞、形容詞改成過去式後加「으면 좋겠다」即可。此文法可與「V/A-(으)면 좋겠다」替換使用，但是實現機率渺茫的願望適合使用「V/A-았/었으면 좋겠다」。

例句練習

저도 학생이었으면 좋겠어요.　　　　　　我也真希望是個學生。
시험에 합격했으면 좋겠어요.　　　　　　真希望考試合格。
한국 친구를 많이 사귀었으면 좋겠어요.　真希望交到很多韓國朋友。
소풍 갈 때 날씨가 맑았으면 좋겠어요.　 出遊時，希望天氣晴朗。

小筆記
如果是接名詞，則使用「N였/이었으면 좋겠다」。

寫寫看

- 真希望考試考好。

시험을 잘 봤으면 좋겠어요.
　　考試　助詞　考好　　　　真希望

시험을 잘 봤으면 좋겠어요.

- 真希望春天趕快到來。

빨리 봄이 왔으면 좋겠어요.
　快點　春天 助詞 來　　　真希望

빨리 봄이 왔으면 좋겠어요.

- 真希望人人都幸福。

모두가 행복했으면 좋겠어요.
　所有人　助詞　　幸福　　　真希望

모두가 행복했으면 좋겠어요.

- 真希望韓文變流利。

한국어가 유창해졌으면 좋겠어요.
　　韓文　助詞　變得流利　　　真希望

한국어가 유창해졌으면 좋겠어요.

- 希望你喜歡我準備的禮物。

선물을 마음에 들어 했으면 좋겠어요.
　禮物　助詞　　合心意　　　　真希望

선물을 마음에 들어 했으면 좋겠어요.

70　……到一半 ▶ V- 다가　　MP3 70

書讀到一半，睡著了。
책을 읽다가 잠들었어요.
閱讀　　到一半　　　睡著了

動詞　＋　다가　　……到一半

文法解說

　　事情進行到一半、轉換為另外一件事情時使用，把動詞原形的「다」去掉後加「다가」(먹다 吃 → 먹다가) 即可。使用此文法時前後句主詞必須要一致；如果是表達某一件事情結束後再進行另一件事情時，則使用「V-았/었다가」，而且前後句必須要有關連。請看以下兩句：

❶ 여행을 가다가 가방을 잃어버렸어요.　去旅遊的路途中，遺失包包了。
❷ 여행을 갔다가 가방을 잃어버렸어요.　在旅遊地，遺失包包了。

　　例句 ❶ 是使用「가다가」，代表還沒有抵達旅遊地、是在路途中遺失包包。而例句 ❷ 是使用過去式「갔다가」，意味著到了旅遊地後才遺失包包。

例句練習

걷다가 넘어졌어요.　　　　　走到一半跌倒了。
쭉 가다가 좌회전하세요.　　　直走後請左轉。
이야기를 듣다가 울었어요.　　故事聽到一半哭了。
밥 먹다가 전화를 받았어요.　　飯吃到一半接電話了。

寫寫看

- 睡到一半醒了。

자다가 깼어요.
睡　到一半　　醒了

자다가 깼어요.

- 小孩子玩到一半受傷了。

아이가 놀다가 다쳤어요.
孩子　助詞　玩　到一半　　受傷了

아이가 놀다가 다쳤어요.

- 直走後請左轉。

똑바로 가다가 좌회전하세요.
直直地　　走　到一半　　左轉　　請

똑바로 가다가 좌회전하세요.

- 工作到一半去買咖啡了。

일하다가 커피를 사러 갔어요.
工作　到一半　　咖啡　助詞　買　去（過去式）

일하다가 커피를 사러 갔어요.

- 作業寫到一半去看電視了。

숙제하다가 텔레비전을 봤어요.
寫作業　到一半　　電視　助詞　看了

숙제하다가 텔레비전을 봤어요.

71 表示經驗（有／沒有過）
▶ V-(으)ㄴ 적이 있다／없다

MP3 71

我有聽過這首歌。
이 노래를 들어 본 적이 있어요.
這　　歌曲　助詞　　　　　　有聽過

動詞（無終聲）＋ ㄴ 적이 있다／없다
動詞（有終聲）＋ 은 적이 있다／없다

有／沒有……經驗

文法解說

表示有或沒有某一經驗。動詞沒有終聲時，把原形的「다」去掉後加「ㄴ 적이 있다／없다」，有終聲時加「은 적이 있다／없다」即可。請注意，此文法有不規則變化：

ㄹ不規則　*「ㄹ」脫落後加「ㄴ 적이 있다／없다」

- 살다 住 → 산 적이 있다／없다　 ・놀다 玩 → 논 적이 있다／없다

ㄷ不規則　*「ㄷ」改成「ㄹ」後加「은 적이 있다／없다」

- 듣다 聽 → 들은 적이 있다／없다　・걷다 走路 → 걸은 적이 있다／없다

ㅂ不規則　*「ㅂ」脫落後加「우」，再加「ㄴ 적이 있다」（「입다 穿」等部分單字為規則變化）

- 굽다 烤 → 구운 적이 있다／없다　・줍다 撿 → 주운 적이 있다／없다

請注意，「-(으)ㄴ 적이 있다/없다」無法使用於「發生在不久之前」的過去，這種情況可改用「-아/어 보다」(請參考 p.103)。例如：

어제 취두부를 먹은 적이 있어요. ✘
→ **어제 취두부를 먹어 봤어요.** ⭕ 昨天吃過臭豆腐。

以上這兩個文法皆為表示經驗，但是**在表達非主詞意志的經驗**(「다치다 受傷」、「배탈이 나다 拉肚子」、「잃어버리다 遺失」、「도둑 맞다 被偷」、「감기에 걸리다 感冒」……)時，**只能使用「-(으)ㄴ 적이 있다/없다」**：

어릴 때 다쳐 봤어요. ✘
→ **어릴 때 다친 적이 있어요.** ⭕ 小時候有受過傷的經驗。

此外，**主詞為「無生物」的時候**，也無法使用「-아/어 보다」：

차가 고장나 봤어요. ✘
→ **차가 고장난 적이 있어요.** ⭕ 車子有故障過。

例句練習

취두부를 먹어 본 적이 없어요.	我沒有吃過臭豆腐。
영화를 보면서 운 적이 있어요.	我有邊看電影哭過。
길에서 지갑을 주운 적이 있어요.	我有在路上撿過錢包。
아이돌 그룹을 좋아한 적이 있어요?	你有喜歡過偶像團體嗎？
하루에 삼만 보 이상 걸은 적 있어요?	一天有走過三萬步以上嗎？

寫寫看

- 我有聽過傳言。

  소문을 들은 적이 있어요.
  　傳言　助詞　　　　聽過

  소문을 들은 적이 있어요.

- 你有住過國外的經驗嗎？

  해외에 살아 본 적 있어요?
  　國外　助詞　　　住過

  해외에 살아 본 적 있어요?

- 我沒有喝過馬格利。

  막걸리를 마셔 본 적이 없어요.
  　馬格利　助詞　　　沒有喝過

  막걸리를 마셔 본 적이 없어요.

- 我一次也沒有遲到過。

  한번도 지각해 본 적이 없어요.
  　一次也　　　　沒有遲到過

  한번도 지각해 본 적이 없어요.

- 我的東西有被偷過。

  물건을 도둑 맞은 적이 있어요.
  　東西　助詞　　　有被偷過

  물건을 도둑 맞은 적이 있어요.

186

不規則變化　MP3 72

ㄷ 不規則

當「ㄷ」結尾的單字與母音開頭的語尾(「-아/어요」、「-(으)니까」、「-(으)면」……等)連接時,要將「ㄷ」變成「ㄹ」。但是「받다 收」、「닫다 關(門)」、「믿다 相信」等部分單字則套用規則變化。

	-아/어요	-았/었어요	-(으)ㄹ 거예요	-ㅂ/습니다
듣다　聽	들어요	들었어요	들을 거예요	듣습니다
걷다　走路	걸어요	걸었어요	걸을 거예요	걷습니다
묻다　問	물어요	물었어요	물을 거예요	묻습니다
싣다　裝載	실어요	실었어요	실을 거예요	싣습니다
깨닫다　覺悟	깨달아요	깨달았어요	깨달을 거예요	깨닫습니다

寫寫看

- 你在聽什麼歌?

무슨 노래 들어요?
　什麼　歌曲　　　聽

무슨 노래 들어요?

- 有不懂的地方,請問我。

모르는 게 있으면 물어보세요.
　不知道的　東西　有　如果　　請問

모르는 게 있으면 물어보세요.

- 天氣好,想走走路。

날씨가 좋아서 좀 걷고 싶어요.
　天氣　助詞　好　因為　稍微　走　想要

날씨가 좋아서 좀 걷고 싶어요.

- 把行李裝在車廂裡了。

차 트렁크에 짐을 실었어요.
　車　　後車廂　助詞　行李 助詞　　裝載

차 트렁크에 짐을 실었어요.

- 請幫我關窗戶。

창문을 닫아 주세요.
　窗戶　助詞　　　請幫我關

창문을 닫아 주세요.

ㄹ 不規則

當「ㄹ」結尾的單字與「ㄴ、ㅂ、ㅅ」開頭的語尾連接時,要將「ㄹ」脫落。

	-아/어요	-(으)니까	-(으)세요	-ㅂ/습니다
만들다 製作	만들어요	만드니까	만드세요	만듭니다
놀다 玩	놀아요	노니까	노세요	놉니다
살다 住	살아요	사니까	사세요	삽니다
멀다 遠	멀어요	머니까	머세요	멉니다
열다 打開	열어요	여니까	여세요	엽니다
알다 知道	알아요	아니까	아세요	압니다

寫寫看

- 請開點窗戶。

창문 좀 **여세요** .
　　窓戶　拜託　　請打開

창문 좀 여세요 .

- 因為感動而哭了。

감동 받아서 **울었어요** .
　感動　　因為　　　哭了

감동 받아서 울었어요 .

- 飲料太甜了。

음료수가 너무 **달아요** .
　飲料　助詞　非常　　甜

음료수가 너무 달아요 .

- 我住台北。

저는 타이베이에 **삽니다** .
我 助詞　　台北　　助詞　　住

저는 타이베이에 삽니다 .

- 這是我母親做的小菜。

어머니께서 **만드신** 반찬입니다 .
　母親　　助詞　　　做的　　　小菜　　　是

어머니께서 만드신 반찬입니다 .

ㅂ 不規則

　　當「ㅂ」結尾的單字與母音開頭的語尾（「-아/어요」、「-(으)니까」、「-(으)면」……等）連接時，要將「ㅂ」脫落後添加「우」。

　　但是「돕다 幫助」、「곱다 美」這兩個單字與「-아/어」開頭的語尾連接時，要將「ㅂ」脫落後添加「오」（「도와요」、「고와요」……）。另外，「입다 穿」、「좁다 窄」、「씹다 嚼」等部分單字則套用規則變化。

	-아/어요	-았/었어요	-(으)ㄹ 거예요	-(으)ㄴ/-는
덥다 熱	더워요	더웠어요	더울 거예요	더운
쉽다 簡單	쉬워요	쉬웠어요	쉬울 거예요	쉬운
굽다 烤	구워요	구웠어요	구울 거예요	굽는
귀엽다 可愛	귀여워요	귀여웠어요	귀여울 거예요	귀여운
고맙다 感謝	고마워요	고마웠어요	고마울 거예요	고마운
아름답다 美麗	아름다워요	아름다웠어요	아름다울 거예요	아름다운

寫寫看

- 風景好美。
  풍경이 아름답네요.
  [風景] [助詞] [美麗]
  풍경이 아름답네요.

- 明天也會熱嗎？
  내일도 날씨가 더울까요?
  [明天] [也] [天氣] [助詞] [會熱嗎]
  내일도 날씨가 더울까요?

- 拌飯不怎麼辣。
  비빔밥은 별로 안 매워요.
  [拌飯] [助詞] [不太] [辣]
  비빔밥은 별로 안 매워요.

- 公園離這裡近嗎？
  공원이 여기에서 가까워요?
  [公園] [助詞] [這裡] [在] [近]
  공원이 여기에서 가까워요?

- 韓文很難學。
  한국어는 배우기 어려워요.
  [韓文] [助詞] [學習] [難]
  한국어는 배우기 어려워요.

ㅅ 不規則

當「ㅅ」結尾的單字與母音開頭的語尾(「-아/어요」、「-(으)니까」、「-(으)면」……等)連接時,要將「ㅅ」脫落。但是「벗다 脫」、「씻다 洗」、「웃다 笑」等部分單字則套用規則變化。

		-아/어요	-았/었어요	-(으)ㄹ 거예요	-(으)면
낫다	痊癒	나아요	나았어요	나을 거예요	나으면
젓다	攪拌	저어요	저었어요	저을 거예요	저으면
짓다	蓋/取名	지어요	지었어요	지을 거예요	지으면
붓다	倒/腫	부어요	부었어요	부을 거예요	부으면
긋다	畫(線)	그어요	그었어요	그을 거예요	그으면

寫寫看

- 病好不了。

병이 낫지 않아요.
病 助詞 痊癒　　　不

병이 낫지 않아요.

- 請拖鞋後入內。

신발을 벗고 들어오세요.
鞋子 助詞 脫 之後　　請進

신발을 벗고 들어오세요.

- 請放砂糖後再攪拌。

설탕을 넣고 저어 주세요.
砂糖 助詞 放進 之後 攪拌　請幫我

설탕을 넣고 저어 주세요.

- 因為感冒，喉嚨腫起來了。

감기에 걸려서 목이 부었어요.
感冒 助詞　得　因為 喉嚨 助詞　腫了

감기에 걸려서 목이 부었어요.

- 這裡是新蓋的圖書館。

여기는 새로 지은 도서관이에요.
這裡 助詞　新　　蓋的　　圖書館　　是

여기는 새로 지은 도서관이에요.

194

一 不規則

當「ー」結尾的單字與「- 아 / 어」開頭的語尾連接時，要將「ー」脫落。改現在式或過去式時，「ー」脫落後如果前面沒有任何字，要加「어요」、「었어요」；如果前面有字，那麼隨著其母音加「아요 / 어요」、「았어요 / 었어요」即可。

- **크다** 大 → **커요**
  「ー」脫落後，前面沒有字，所以加「어요」(現在式)
- **예쁘다** 漂亮 → **예뻐요**
  「ー」脫落後，前面的母音為「ㅔ」，所以加「어요」(現在式)
- **배고프다** 餓 → **배고파요**
  「ー」脫落後，前面的母音為「ㅗ」，所以加「아요」(現在式)

	- 아 / 어요	- 았 / 었어요	- 아 / 어서	- ㅂ / 습니다
크다 大	커요	컸어요	커서	큽니다
끄다 關	꺼요	껐어요	꺼서	끕니다
아프다 痛	아파요	아팠어요	아파서	아픕니다
슬프다 悲傷	슬퍼요	슬펐어요	슬퍼서	슬픕니다
예쁘다 漂亮	예뻐요	예뻤어요	예뻐서	예쁩니다
배고프다 餓	배고파요	배고팠어요	배고파서	배고픕니다

寫寫看

- 請幫我關燈。

불 좀 꺼 주세요 .
　　燈　拜託　關　　　請幫我

불 좀 꺼 주세요 .

- 如果不舒服，請回家休息吧。

아프면 집에 가서 쉬세요 .
　　痛　如果　　回家　　之後　　請休息

아프면 집에 가서 쉬세요 .

- 我不想看悲傷的電影。

슬픈 영화는 안 보고 싶어요 .
　悲傷的　　電影　助詞　不　　　　想要看

슬픈 영화는 안 보고 싶어요 .

- 明明吃了很多，但還是餓。

많이 먹었는데도 배고파요 .
　　多　　吃了　　明明　　　肚子餓

많이 먹었는데도 배고파요 .

- 生日時，寫信送給他了。

생일에 편지를 써서 줬어요 .
　生日　助詞　信　助詞　寫　之後　　給了

생일에 편지를 써서 줬어요 .

르 不規則

當「르」結尾的單字與「- 아 / 어」開頭的語尾連接時,要將「ㅡ」脫落後在前面添加「ㄹ」。

- **모르다** 不知道 → **몰라요**
  「ㅡ」脫落後,前面加終聲「ㄹ」

	- 아 / 어요	- 았 / 었어요	- 아 / 어서	- ㅂ / 습니다
빠르다 快	빨라요	빨랐어요	빨라서	빠릅니다
누르다 按	눌러요	눌렀어요	눌러서	누릅니다
다르다 不同	달라요	달랐어요	달라서	다릅니다
모르다 不知道	몰라요	몰랐어요	몰라서	모릅니다
부르다 呼叫	불러요	불렀어요	불러서	부릅니다
자르다 剪	잘라요	잘랐어요	잘라서	자릅니다

> **寫寫看**

- 很會唱歌耶。

  노래를 잘 **부르네요**.
  　歌　助詞　很會　　　唱

  노래를 잘 부르네요.

- 因為吃太多，肚子很飽。

  많이 먹어서 배가 **불러요**.
  　很多　吃　因為　肚子　助詞　　飽

  많이 먹어서 배가 불러요.

- 下車時請按下車鈴。

  하차 시 벨을 **눌러** 주세요.
  　下車　時　鈴　助詞　按壓　　請幫我

  하차 시 벨을 눌러 주세요.

- 說話太快，我聽不懂。

  말이 **빨라서** 못 알아듣겠어요.
  　話　助詞　　快　因為　無法　　聽得懂

  말이 빨라서 못 알아듣겠어요.

- 因為熱，所以把頭髮剪短了。

  더워서 머리를 짧게 **잘랐어요**.
  　熱　因為　頭髮　助詞　短地　　剪了

  더워서 머리를 짧게 잘랐어요.

198

ㅎ 不規則

當「ㅎ」結尾的單字與「으」開頭的語尾 (「-(으)니까」、「-(으)ㄹ까요?」……等)連接時,要將「ㅎ」脫落。

與「-아/어」開頭的語尾連接時,「ㅎ」脫落後,把單字中的母音「아/어」改成「애」、「야」改成「얘」。但是「좋다 好」、「놓다 放置」等部分單字則套用規則變化。

- **빨갛**다 紅紅的 → **빨개**요
  「ㅎ」脫落後,「ㅏ」改成「ㅐ」
- **하얗**다 白白的 → **하얘**요
  「ㅎ」脫落後,「ㅑ」改成「ㅒ」

	-아/어요	-았/었어요	-아/어서	-(으)니까
빨갛다 紅紅的	빨개요	빨갰어요	빨개서	빨가니까
까맣다 黑黑的	까매요	까맸어요	까매서	까마니까
하얗다 白白的	하얘요	하얬어요	하얘서	하야니까
그렇다 那樣的	그래요	그랬어요	그래서	그러니까
어떻다 怎樣的	어때요	어땠어요	어때서	어떠니까

199

寫寫看

- 你喜歡什麼顏色？

어떤 색을 좋아해요？
　什麼樣的　顏色 助詞　　喜歡

어떤 색을 좋아해요？

- 那麼就這麼辦吧。

그럼 **그렇게** 해 주세요.
　那麼　　那樣地　　　請幫我做

그럼 그렇게 해 주세요.

- 今天穿了黑色的短袖。

오늘 **까만** 티셔츠를 입었어요.
　今天　黑的　　短袖　助詞　穿了

오늘 까만 티셔츠를 입었어요.

- 因為害羞臉變紅了。

부끄러워서 얼굴이 **빨개졌어요**.
　害羞　因為　　臉　助詞　　變紅了

부끄러워서 얼굴이 빨개졌어요.

- 藍色的天空裡有白白的雲。

파란 하늘에 **하얀** 구름이 있네요.
　藍的　　天空 助詞　白的　　雲　助詞　有

파란 하늘에 하얀 구름이 있네요.

文法類別索引

助詞

補助詞 ▸ N 은 / 는	014
主格助詞 ▸ N 이 / 가	016
比較「은 / 는」與「이 / 가」	018
在 ▸ N 에서	023
在、不在 ▸ N 에 있어요 / 없어요	025
受格助詞 ▸ N 을 / 를	028
時間點的助詞 ▸ N 에	041
也 ▸ N 도	048
和 ▸ N 하고, N 와 / 과, N(이) 랑	050
方法、手段的助詞 (用 / 搭 / 透過) ▸ N(으) 로	072
往 ▸ N(으) 로	074
從……到…… ▸ N 부터 N 까지	080
從……到…… ▸ N 에서 N 까지	082
只 (有) ▸ N 만	085
只 (有)、除了……之外 ▸ N 밖에	087
表示對象 (向……) ▸ N 에게, N 한테, N 께	092

時態

現在式 ▸ V/A- 아요 / 어요	030
過去式 ▸ V/A- 았어요 / 었어요	035

201

未來式 ▶ V/A-(으)ㄹ 거예요 ... 038
現在進行式(正在) ▶ V-고 있다 ... 063
形容詞冠形詞(現在式) ▶ A-(으)ㄴ N ... 128
動詞冠形詞(現在式) ▶ V-는 N ... 131
動詞冠形詞(過去式) ▶ V-(으)ㄴ N ... 134
動詞冠形詞(未來式) ▶ V-(으)ㄹ N ... 137

語尾

格式體 ▶ V/A-ㅂ니다/습니다, N 입니다 ... 060
敬語 ▶ V/A-(으)시- ... 166
……的事情 ▶ V-는 것 ... 156
附加說明(等) ▶ V-는데, A-(으)ㄴ데, N 인데 ... 150
要不要(一起)……? ▶ V-(으)ㄹ까요? ... 094
你要……嗎? ▶ V-(으)ㄹ래요? ... 097

否定

不是 ▶ N 이/가 아니에요 ... 019
否定(不) ▶ 안 V/A ... 033
否定(無法) ▶ 못 V ... 065
否定(不) ▶ V/A-지 않다 ... 068
否定(無法) ▶ V-지 못하다 ... 070

時間、順序表達

……之後 ▶ V-고, V-고 나서 ... 055
……之後 ▶ V-아/어서 ... 057

202

……之前 ▶ V- 기 전에 ……………………………………………… 076

……之後 ▶ V-(으)ㄴ 후에 …………………………………………… 078

……的時候 ▶ V/A-(으)ㄹ 때 , N 때 ………………………………… 140

……到一半 ▶ V- 다가 ………………………………………………… 182

對比、列舉

或者 ▶ V/A- 거나 , N(이)나 ………………………………………… 090

雖然……，但是…… ▶ V/A- 지만 , N(이)지만 …………………… 053

附加說明(等) ▶ V- 는데 , A-(으)ㄴ데 , N 인데 ………………… 150

原因、理由

因為……，所以…… ▶ V/A- 아/어서 , N(이)라서 ………………… 116

因為……，所以…… ▶ V/A-(으)니까 , N(이)니까 ………………… 119

因為……，所以…… ▶ V/A- 기 때문에 , N(이)기 때문에 ……… 145

因為……，所以…… ▶ N 때문에 …………………………………… 147

經驗

試著…… ▶ V- 아/어 보다 …………………………………………… 103

表示經驗(有/沒有過) ▶ V-(으)ㄴ 적이 있다/없다 ……………… 184

願望、假設

如果 ▶ V/A-(으)면 …………………………………………………… 125

想要 ▶ V- 고 싶다 , V- 고 싶어 하다 ……………………………… 100

真希望 ▶ V/A- 았/었으면 좋겠다 …………………………………… 180

203

決心、意圖、目的

打算 ▶ V-(으)려고 하다 ... 106

去/來(做某事) ▶ V-(으)러 가다/오다 ... 109

我會……的 ▶ V-(으)ㄹ게요 ... 112

我要…… ▶ V-(으)ㄹ래요 ... 114

決定 ▶ V-기로 하다 ... 178

能力、可能性

可以/不可以、會/不會 ▶ V-(으)ㄹ 수 있다/없다 ... 143

會/不會 ▶ V-(으)ㄹ 줄 알다/모르다 ... 154

許可、命令、義務

請 ▶ V-(으)세요 ... 043

請不要 ▶ V-지 마세요 ... 045

必須要 ▶ V-아/어야 되다(하다) ... 122

可以 ▶ V-아/어도 되다 ... 170

不可以 ▶ V-(으)면 안 되다 ... 172

猜測、判斷

看起來 ▶ A-아/어 보이다 ... 158

似乎、好像 ▶ V-는 것 같다, A-(으)ㄴ 것 같다, N인 것 같다 ... 161

變化

表示變化 ▶ A- 아/어지다 …………………………………………… 174

表示變化 ▶ V- 게 되다 …………………………………………… 176

其他

指示代名詞(這/那/那)▶ 이/그/저 …………………………… 021

幫(某人)做(某事)▶ V- 아/어 주다 ………………………… 164

不規則變化

ㄷ不規則 ……………………………………………………………… 187

ㄹ不規則 ……………………………………………………………… 189

ㅂ不規則 ……………………………………………………………… 191

ㅅ不規則 ……………………………………………………………… 193

ㅡ不規則 ……………………………………………………………… 195

르不規則 ……………………………………………………………… 197

ㅎ不規則 ……………………………………………………………… 199

加入晨星

即享『50元 購書優惠券』

回函範例

您的姓名：	晨小星
您購買的書是：	貓戰士
性別：	●男　○女　○其他
生日：	1990/1/25
E-Mail：	ilovebooks@morning.com.tw
電話／手機：	09××-×××-×××
聯絡地址：	台中　市　西屯　區
	工業區30路1號

您喜歡：●文學/小說　●社科/史哲　●設計/生活雜藝　●財經/商管
（可複選）●心理/勵志　○宗教/命理　○科普　　○自然　●寵物

心得分享： 我非常欣賞主角⋯
本書帶給我的⋯

"誠摯期待與您在下一本書相遇，讓我們一起在閱讀中尋找樂趣吧！"

國家圖書館出版品預行編目（CIP）資料

韓語70堂初級文法課：用神奇抄寫記憶術一次搞懂空格用途 × 句型解析 × 敬語半語等基礎文法/郭修蓉(곽수용)著.-- 初版.-- 臺中市 : 晨星出版有限公司, 2025.01
208 面 ; 16.5×22.5　公分.-- (語言學習 ; 46)
ISBN 978-626-320-997-8(平裝)

1.CST: 韓語 2.CST: 語法

803.26　　　　　　　　　　　　　　　113017056

語言學習 46

韓語70堂初級文法課
用神奇抄寫記憶術一次搞懂
空格用途×句型解析×敬語半語等基礎文法

作者	郭修蓉 곽수용
編輯	余順琪
封面設計	初雨有限公司
美術編輯	李京蓉
創辦人	陳銘民
發行所	晨星出版有限公司 407台中市西屯區工業30路1號1樓 TEL：04-23595820　FAX：04-23550581 E-mail：service-taipei@morningstar.com.tw http://star.morningstar.com.tw 行政院新聞局局版台業字第2500號
法律顧問	陳思成律師
初版	西元2025年01月01日
讀者服務專線	TEL：02-23672044 / 04-23595819#212
讀者傳真專線	FAX：02-23635741 / 04-23595493
讀者專用信箱	service@morningstar.com.tw
網路書店	http://www.morningstar.com.tw
郵政劃撥	15060393（知己圖書股份有限公司）
印刷	上好印刷股份有限公司

定價 350 元
（如書籍有缺頁或破損，請寄回更換）
ISBN：978-626-320-997-8

Published by Morning Star Publishing Inc.
Printed in Taiwan
All rights reserved.
版權所有・翻印必究

|最新、最快、最實用的第一手資訊都在這裡|